當代中文課程

A Course in Contemporary Chinese

編寫教師・王佩卿、陳慶華、黃桂英
主編・鄧守信

1

Teacher's Manual
|教師手冊|

二版　國立臺灣師範大學國語教學中心 策劃
Mandarin Training Center National Taiwan Normal University

目　次
Contents

An Introduction to the Chinese Language

China is a multi-ethnic society, and when people in general study Chinese, 'Chinese' usually refers to the Beijing variety of the language as spoken by the Han people in China, also known as Mandarin Chinese or simply Mandarin. It is the official language of China, known mostly domestically as the Putonghua, the lingua franca, or Hanyu, the Han language. In Taiwan, Guoyu refers to the national/official language, and Huayu to either Mandarin Chinese as spoken by Chinese descendants residing overseas, or to Mandarin when taught to non-Chinese learners. The following pages present an outline of the features and properties of Chinese. For further details, readers are advised to consult various and rich on-line resources.

Language Kinship

Languages in the world are grouped together on the basis of language affiliation, called language-family. Chinese, or rather Hanyu, is a member of the Sino-Tibetan family, which covers most of China today, plus parts of Southeast Asia. Therefore, Tibetan, Burmese, and Thai are genetically related to Hanyu.

Hanyu is spoken in about 75% of the present Chinese territory, by about 75% of the total Chinese population, and it covers 7 major dialects, including the better known Cantonese, Hokkienese, Hakka and Shanghainese.

Historically, Chinese has interacted highly actively with neighboring but unaffiliated languages, such as Japanese, Korean and Vietnamese. The interactions took place in such areas as vocabulary items, phonological structures, a few grammatical features and most importantly the writing script.

Typological Features of Chinese

Languages in the world are also grouped together on the basis of language characteristics, called language typology. Chinese has the following typological traits, which highlight the dissimilarities between Chinese and English.

A. Chinese is a non-tense language. Tense is a grammatical device such that the verb changes according to the time of the event in relation to the time of utterance. Thus 'He talks nonsense' refers to his habit, while 'He talked nonsense' refers to a time in the past when he behaved that way, but he does not necessarily do that all the time. 'Talked' then is a verb in the past tense. Chinese does not operate with this device but marks the time of events with time expressions such as 'today' or 'tomorrow' in the sentence. The verb remains the same regardless of time of happening. This type of language is labeled as an atensal language, while English and most European languages are tensal languages. Knowing this particular trait can help European learners of Chinese avoid mistakes to do with verbs in Chinese. Thus, in responding to 'What did you do in China last year?' Chinese is 'I teach English (last year)'; and to 'What are you doing now in Japan?' Chinese is again 'I teach English (now)'.

B. Nouns in Chinese are not directly countable. Nouns in English are either countable, e.g., 2 candies, or non-countable, e.g., *2 salts, while all nouns in Chinese are non-countable. When they are to be counted, a measure, or called classifier, must be used between a noun and a number, e.g., 2-piece-candy. Thus, Chinese is a classifier language. Only non-countable nouns in English are used with measures, e.g., a drop of water.

Therefore it is imperative to learn nouns in Chinese together with their associated measures/classifiers. There are only about 30 high-frequency measures/classifiers in Chinese to be mastered at the initial stage of learning.

C. Chinese is a Topic-Prominent language. Sentences in Chinese quite often begin with somebody or something that is being talked about, rather than the subject of the verb in the sentence. This item is called a topic in linguistics. Most Asian languages employ topic, while most European languages employ subject. The following bad English sentences, sequenced below per frequency of usage, illustrate the topic structures in Chinese.

*Senator Kennedy, people in Europe also respected.
*Seafood, Taiwanese people love lobsters best.
*President Obama, he attended Harvard University.

Because of this feature, Chinese people tend to speak 'broken' English, whereas English speakers tend to sound 'complete', if bland and alien, when they talk in Chinese. Through practice and through keen observations of what motivates the use of a topic in Chinese, this feature of Chinese can be acquired eventually.

D. Chinese tends to drop things in the sentence. The 'broken' tendencies mentioned above also include not using nouns in a sentence where English counterparts are 'complete'. This tendency is called dropping, as illustrated below through bad English sentences.

Are you coming tomorrow? ----- *Come!
What did you buy? ----- *Buy some jeans.
*This bicycle, who rides? ----- *My old professor rides.

The 1st example drops everything except the verb, the 2nd drops the subject, and the 3rd drops the object. Dropping happens when what is dropped is easily recoverable or identifiable from the contexts or circumstances. Not doing this, Europeans are often commented upon that their sentences in Chinese are too often inundated with unwanted pronouns!

Phonological Characteristics of Chinese

Phonology refers to the system of sound, the pronunciation, of a language. To untrained ears, Chinese language sounds unfamiliar, sort of alien in a way. This is due to the fact that Chinese sound system contains some elements that are not part of the sound systems of European languages, though commonly found on the Asian continent. These features will be explained below.

On the whole, the Chinese sound system is not really very complicated. It has 7 vowels, 5 of which are found in English (i, e, a, o, u), plus 2 which are not (-e,); and it has 21 consonants, 15 of which are quite common, plus 6 which are less common (zh, ch, sh, r, z, c). And Chinese has a fairly simple syllable shape, i.e. consonant + vowel plus possible nasals (n or ng). What is most striking to English speakers is that every syllable in Chinese has a 'tone', as will be detailed directly below. But, a word on the sound representation, the pinyin system, first.

A. Hanyu Pinyin. Hanyu Pinyin is a variety of Romanization systems that attempt to represent the sound of Chinese through the use of Roman letters (abc...). Since the end of the 19th century, there have been about half a dozen Chinese Romanization systems, including the Wade-Giles, Guoyu Luomazi, Yale, Hanyu Pinyin, Lin Yutang, and Zhuyin Fuhao Di'ershi, not to mention the German system, the French system etc. Thanks to the consensus of media worldwide, and through the support of the UN, Hanyu Pinyin has become the standard worldwide. Taiwan is probably the only place in the world that does not support nor employ Hanyu Pinyin. Instead, it uses non-Roman symbols to represent the sound, called Zhuyin Fuhao, alias BoPoMoFo (cf. the symbols employed in this volume). Officially, that is. Hanyu Pinyin represents the Chinese sound as follows.

b, p, m, f   d, t, n, l   g, k, h   j, q, x   zh, ch, sh, r   z, c, s
a, o, -e, e   ai, ei, ao, ou   an, en, ang, eng   -r, i, u, ü

B. Chinese is a tonal language. A tone refers to the voice pitch contour. Pitch contours are used in many languages, including English, but for different functions in different languages. English uses them to indicate the speaker's viewpoints, e.g., 'well' in different contours may indicate impatience, surprise, doubt etc. Chinese, on the other hand, uses contours to refer to different meanings, words. Pitch contours with different linguistic functions are not transferable from one language to another. Therefore, it would be futile trying to learn Chinese tones by looking for or identifying their contour counterparts in English.

Mandarin Chinese has 4 distinct tones, the fewest among all Han dialects, i.e., level, rising, dipping and falling, marked ˉ ˊ ˇ ˋ , and it has only one tone-change rule, i.e. ˇ ˇ => ˊ ˇ, though the conditions for this change are fairly complicated. In addition to the four tones, Mandarin also has one neutral(ized) tone, i.e., pronounced short/unstressed, which is derived, historically if not synchronically, from the 4 tones; hence the term neutralized. Again, the conditions and environments for the neutralization are highly complex and cannot be explored in this space.

C. Syllable final –r effect (vowel retroflexivisation). The northern variety of Hanyu, esp. in Beijing, is known for its richness in the –r effect at the end of a syllable. For example, 'flower' is 'huā' in southern China but 'huār' in Beijing. Given the prominence of the city Beijing, this sound feature tends to be defined as standard nationwide; but that –r effect is rarely attempted in the south. There do not seem to be rigorous rules governing what can and what cannot take the –r effect. It is thus advised that learners of Chinese resort to rote learning in this case, as probably even native speakers of northern Chinese do.

D. Syllables in Chinese do not 'connect'. 'Connect' here refers to the merging of the tail of a syllable with the head of a subsequent syllable, e.g., English pronounces 'at'+'all' as 'at+tall', 'did'+'you' as 'did+dyou' and 'that'+'is' as 'that+th'is'. On the other hand, syllables in Chinese are isolated from each other and do not connect in this way. Fortunately, this is not a serious problem for English language learners, as the syllable structures in Chinese are rather limited, and there are not many candidates for this merging. We noted above that Chinese syllables take the form of CV plus possible 'n' and 'ng'. CV does not give rise to connecting, not even in English; so be extra cautious when a syllable ends with 'n' or 'g' and a subsequent syllable begins with a V, e.g., MǐnÀo 'Fujian Province and Macao'. Nobody would understand 'min+nao'!

E. Retroflexive consonants. 'Retroflexive' refers to consonants that are pronounced with the tip of the tongue curled up (-flexive) backwards (retro-). There are altogether 4 such consonants, i.e., zh, ch, sh, and r. The pronunciation of these consonants reveals the geographical origin of native Chinese speakers. Southerners do not have them, merging them with z, c, and s, as is commonly observed in Taiwan. Curling up of the tongue comes in various degrees. Local Beijing dialect is well known for its prominent curling. Imagine curling up the tongue at the beginning of a syllable and curling it up again for the –r effect!! Try 'zhèr-over here', 'zhuōr-table' and 'shuǐr-water'.

On Chinese Grammar

'Grammar' refers to the ways and rules of how words are organized into a string that is a sentence in a language. Given the fact that all languages have sentences, and at the same time non-sentences, all languages including Chinese have grammar. In this section, the most salient and important features and issues of Chinese grammar will be presented, but a summary of basic structures, as referenced against English, is given first.

A. Similarities in Chinese and English.

	English	Chinese
SVO	They sell coffee.	Tāmen mài kāfēi.
AuxV+Verb	You may sit down!	Nǐ kěyǐ zuòxià ō!
Adj+Noun	sour grapes	suān pútáo
Prep+its Noun	at home	zài jiā
Num+Meas+Noun	a piece of cake	yí kuài dàngāo
Demons+Noun	those students	nàxiē xuéshēng

B. Dissimilar structures.

	English	Chinese
RelClause: Noun	the book that you bought	nǐ mǎi de shū
VPhrase: PrepPhrase	to eat at home	zài jiā chīfàn
Verb: Adverbial	Eat slowly!	Mànmār chī!
Set: Subset	6th Sept, 1967	1967 nián 9 yuè 6 hào
	Taipei, Taiwan	Táiwān Táiběi
	3 of my friends...	wǒ de péngyǒu, yǒu sān ge...

C. Modifier precedes modified (MPM). This is one of the most important grammatical principles in Chinese. We see it operating actively in the charts given above, so that adjectives come before nouns they modify, relative clauses also come before the nouns they modify, possessives come before nouns (tā de diànnǎo 'his computer'), auxiliary verbs come before verbs, adverbial phrases before verbs, prepositional phrases come before verbs etc. This principle operates almost without exceptions in Chinese, while in English modifiers sometimes precede and some other times follow the modified.

D. Principle of Temporal Sequence (PTS). Components of a sentence in Chinese are lined up in accordance with the sequence of time. This principle operates especially when there is a series of verbs contained within a sentence, or when there is a sentential conjunction. First compare the sequence of 'units' of an event in English and that in its Chinese counterpart.

Event: David / went to New York / by train / from Boston / to see his sister.
English: 1   2   3   4   5
Chinese: 1   4   2   3   5

Now in real life, David got on a train, the train departed from Boston, it arrived in New York, and finally he visited his sister. This sequence of units is 'natural' time, and the Chinese sentence 'Dàwèi zuò huǒchē cóng Bōshìdùn dào Niǔyuē qù kàn tā de jiějie' follows it, but not English. In other words, Chinese complies strictly with PTS.

When sentences are conjoined, English has various possibilities in organizing the conjunction. First, the scenario. H1N1 hits China badly (event-1), and as a result, many schools were closed (event-2). Now, English has the following possible ways of conjoining to express this, e.g.,

Many schools were closed, because/since H1N1 hit China badly. (E2+E1)

H1N1 hit China badly, so many schools were closed. (E1+E2)

As H1N1 hit China badly, many schools were closed. (E1+E2)

Whereas the only way of expressing the same in Chinese is E1+E2 when both conjunctions are used (yīnwèi... suǒyǐ...), i.e.,

Zhōngguó yīnwèi H1N1 gǎnrǎn yánzhòng (E1), suǒyǐ xǔduō xuéxiào zhànshí guānbì (E2).

PTS then helps explain why 'cause' is always placed before 'consequence' in Chinese.

PTS is also seen operating in the so-called verb-complement constructions in Chinese, e.g., shā-sǐ 'kill+dead', chī-bǎo 'eat+full', dǎ-kū 'hit+cry' etc. The verb represents an action that must have happened first before its consequence.

There is an interesting group of adjectives in Chinese, namely 'zǎo-early', 'wǎn-late', 'kuài-fast', 'màn-slow', 'duō-plenty', and 'shǎo-few', which can be placed either before (as adverbials) or after (as complements) of their associated verbs, e.g.,

Nǐ míngtiān zǎo diǎr lái! (Come earlier tomorrow!)

Wǒ lái zǎo le. Jìn bú qù. (I arrived too early. I could not get in.)

When 'zǎo' is placed before the verb 'lái', the time of arrival is intended, planned, but when it is placed after, the time of arrival is not pre-planned, maybe accidental. The difference complies with PTS. The same difference holds in the case of the other adjectives in the group, e.g.,

Qǐng nǐ duō mǎi liǎng ge! (Please get two extra!)

Wǒ mǎi duō le. Zāotà le! (I bought two too many. Going to be wasted!)

'Duō' in the first sentence is going to be pre-planned, a pre-event state, while in the second, it's a post-event report. Pre-event and post-event states then are naturally taken care of by PTS. Our last set in the group is more complicated. 'Kuài' and 'màn' can refer to amount of time in addition to manner of action, as illustrated below.

Nǐ kuài diǎr zǒu; yào chídào le! (Hurry up and go! You'll be late (e.g., for work)!

Qǐng nǐ zǒu kuài yìdiǎr! (Please walk faster!)

'Kuài' in the first can be glossed as 'quick, hurry up' (in as little time as possible after the utterance), while that in the second refers to manner of walking. Similarly, 'màn yìdiǎr zǒu-don't leave yet' and 'zǒu màn yìdiǎr-walk more slowly'.

We have seen in this section the very important role in Chinese grammar played by variations in word-order. European languages exhibit rich resources in changing the forms of verbs, adjectives and nouns, and Chinese, like other Asian languages, takes great advantage of word-order.

E. Where to find subjects in existential sentences. Existential sentences refer to sentences in which the verbs express appearing (e.g., coming), disappearing (e.g., going) and presence (e.g., written (on the wall)). The existential verbs are all intransitive, and thus they are all associated with a subject, without any objects naturally. This type of sentences deserves a mention in this introduction, as they exhibit a unique structure in Chinese. When their subjects are in definite reference (something that can be referred to, e.g., pronouns and nouns with definite article in English) the subject appears at the front of the sentence, i.e., before the existential verb, but when their subjects are in indefinite reference (nothing in particular), the subject appears after the verb. Compare the following pair of sentences in Chinese against their counterparts in English.

Kèrén dōu lái le. Chīfàn ba! (All the guests we invited have arrived. Let's serve the dinner.)

Duìbùqǐ! Láiwǎn le. Jiālǐ láile yí ge kèrén. (Sorry for being late! I had an (unexpected) guest.)

More examples of post-verbal subjects are given below.

Zhè cì táifēng sǐle bù shǎo rén. (Quite a few people died during the typhoon this time.)

Zuótiān wǎnshàng xiàle duō jiǔ de yǔ? (How long did it rain last night?)

Zuótiān wǎnshàng pǎole jǐ ge fànrén? (How many inmates got away last night?)

Chēzi lǐ zuòle duōshǎo rén a? (How many people were in the car?)

Exactly when to place the existential subject after the verb will remain a challenge for learners of Chinese for quite a significant period of time. Again, observe and deduce! Memorising sentence by sentence would not help!

The existential subjects presented above are simple enough, e.g., people, a guest, rain and inmates. But when the subject is complex, further complications emerge! A portion of the complex subject stays in front of the verb, and the remaining goes to the back of the verb, e.g.,

Míngtiān nǐmen qù jǐ ge rén? (How many of you will be going tomorrow?)

Wǒ zuìjìn diàole bù shǎo tóufǎ. (I lost=fell quite a lot of hair recently.)

Qùnián dìzhèn, tā sǐle sān ge gēge. (He lost=died 3 older brothers during the earthquake last year.)

In linguistics, we say that existential sentences in Chinese have a lot of semantic and information structures involved.

F. A tripartite system of verb classifications in Chinese. English has a clear division between verbs and adjectives, but the boundary in Chinese is quite blurred, which quite seriously misleads English-speaking learners of Chinese. The error in *Wǒ jīntiān shì máng. 'I am busy today.' is a daily observation in Chinese 101! Why is it a common mistake for beginning learners? What do our textbooks and/or teachers do about it, so that the error is discouraged, if not suppressed? Nothing, much! What has not been realized in our profession is that Chinese verb classification is more strongly semantic, rather than more strongly syntactic as in English.

Verbs in Chinese have 3 sub-classes, namely Action Verbs, State Verbs and Process Verbs. Action Verbs are time-sensitive activities (beginning and ending, frozen with a snap-shot, prolonged), are will-controlled (consent or refuse), and usually take human subjects, e.g., 'chī-eat', 'mǎi-buy' and 'xué-learn'. State Verbs are non-time-sensitive physical or mental states, inclusive of the all-famous adjectives as a further sub-class, e.g., 'ài-love', 'xīwàng-hope' and 'liàng-bright'. Process Verbs refer to instantaneous change from one state to another, 'sǐ-die', 'pò-break, burst' and 'wán-finish'.

The new system of parts of speech in Chinese as adopted in this series is built on this very foundation of this tripartite verb classification. Knowing this new system will be immensely helpful in learning quite a few syntactic structures in Chinese that are nicely related to the 3 classes of verbs, as will be illustrated with negation in Chinese in the section below.

The table below presents some of the most important properties of these 3 classes of verbs, as reflected through syntactic behaviour.

	Action Verbs	State Verbs	Process Verbs
Hěn- modification	✕	✓	✕
Le- completive	✓	✕	✓
Zài- progressive	✓	✕	✕
Reduplication	✓ (tentative)	✓ (intensification)	✕
Bù- negation	✓	✓	✕
Méi- negation	✓	✕	✓

Here are more examples of 3 classes of verbs.
Action Verbs: mǎi 'buy', zuò 'sit', xué 'learn; imitate', kàn 'look'
State Verbs: xǐhuān 'like', zhīdào 'know', néng 'can', guì 'expensive'
Process Verbs: wàngle 'forget', chén 'sink', bìyè 'graduate', xǐng 'wake up'

G. Negation. Negation in Chinese is by means of placing a negative adverb immediately in front of a verb. (Remember that adjectives in Chinese are a type of State verbs!) When an action verb is negated with 'bù', the meaning can be either 'intend not to, refuse to' or 'not in a habit of', e.g.,

Nǐ bù mǎi piào; wǒ jiù bú ràng nǐ jìnqù! (If you don't buy a ticket, I won't let you in!)

Tā zuótiān zhěng tiān bù jiē diànhuà. (He did not want to answer the phone all day yesterday.)

Dèng lǎoshī bù hē jiǔ. (Mr. Teng does not drink.)

'Bù' has the meaning above but is independent of temporal reference. The first sentence above refers to the present moment or a minute later after the utterance, and the second to the past. A habit again is panchronic. But when an action verb is negated with 'méi (yǒu)', its time reference must be in the past, meaning 'something did not come to pass', e.g.,

Tā méi lái shàngbān. (He did not come to work.)

Tā méi dài qián lái. (He did not bring any money.)

A state verb can only be negated with 'bù', referring to the non-existence of that state, whether in the past, at present, or in the future, e.g.,

Tā bù zhīdào zhè jiàn shì. (He did not/does not know this.)

Tā bù xiǎng gēn nǐ qù. (He did not/does not want to go with you.)

Niǔyuē zuìjìn bú rè. (New York was/is/will not be hot.)

A process verb can only be negated with 'méi', referring to the non-happening of a change from one state to another, usually in the past, e.g.,

Yīfú méi pò; nǐ jiù rēng le? (You threw away perfectly good clothes?)

Niǎo hái méi sǐ; nǐ jiù fàng le ba! (The bird is still alive. Why don't you let it free?)

Tā méi bìyè yǐqián, hái děi dǎgōng. (He has to work odd jobs before graduating.)

As can be gathered from the above, negation of verbs in Chinese follows neat patterns, but this is so only after we work with the new system of verb classifications as presented in this series. Here's one more interesting fact about negation in Chinese before closing this section. When some action verbs refer to some activities that result in something stable, e.g., when you put on clothes, you want the clothes to stay on you, the negation of those verbs can be usually translated in the present tense in English, e.g.,

Tā zěnme méi chuān yīfú? (How come he is naked?)

Wǒ jīntiān méi dài qián. (I have no money with me today.)

H. A new system of Parts of Speech in Chinese. In the system of parts of speech adopted in this series, there are at the highest level a total of 8 parts of speech, as given below. This system includes the following major properties. First and foremost, it is errors-driven and can address some of the most prevailing errors exhibited by learners of Chinese. This characteristic dictates the depth of sub-categories in a system of grammatical categories. Secondly, it employs the concept of 'default'. This property greatly simplifies the over-all framework of the new system, so that it reduces the number of categories used, simplifies the labeling of categories, and takes advantage of the learners' contribution in terms of positive transfer. And lastly, it incorporates both semantic as well as syntactic concepts, so that it bypasses the traditionally problematic category of adjectives by establishing three major semantic types of verbs, viz. action, state and process.

Adv	Adverb (dōu 'all', dàgài 'probably')
Conj	Conjunction (gēn 'and', kěshì 'but')
Det	Determiner (zhè 'this', nà 'that')
M	Measure (ge, tiáo; xià, cì)
N	Noun (wǒ 'I', yǒngqì 'courage')
Ptc	Particle (ma 'question particle', le 'completive verbal particle')

Prep	Preposition (cóng 'from', duìyú 'regarding')
V	Action Verb, transitive (mǎi 'buy', chī 'eat')
Vi	Action Verb, intransitive (kū 'cry', zuò 'sit')
Vaux	Auxiliary Verb (néng 'can', xiǎng 'would like to')
V-sep	Separable Verb (jiéhūn 'get married', shēngqì 'get angry')
Vs	State Verb, intransitive (hǎo 'good', guì 'expensive')
Vst	State Verb, transitive (xǐhuān 'like', zhīdào 'know')
Vs-attr	State Verb, attributive (zhǔyào 'primary', xiùzhēn 'mini-')
Vs-pred	State Verb, predicative (gòu 'enough', duō 'plenty')
Vp	Process Verb, intransitive (sǐ 'die', wán 'finish')
Vpt	Process Verb, transitive (pò (dòng) 'lit. break (hole)' , liè (fèng) 'lit. crack (a crack)')

Notes:

Default values: When no marking appears under a category, a default reading takes place, which has been built into the system by observing the commonest patterns of the highest frequency. A default value can be loosely understood as the most likely candidate. A default system results in using fewer symbols, which makes it easy on the eyes, reducing the amount of processing. Our default readings are as follows.

Default transitivity. When a verb is not marked, i.e., V, it's an action verb. An unmarked action verb, furthermore, is transitive. A state verb is marked as Vs, but if it's not further marked, it's intransitive. The same holds for process verbs, i.e., Vp is by default intransitive.

Default position of adjectives. Typical adjectives occur as predicates, e.g., 'This is great!' Therefore, unmarked Vs are predicative, and adjectives that cannot be predicates will be marked for this feature, e.g., zhǔyào 'primary' is an adjective but it cannot be a predicate, i.e., *Zhè tiáo lù hěn zhǔyào. '*This road is very primary.' Therefore it is marked Vs-attr, meaning it can only be used attributively, i.e., zhǔyào dàolù 'primary road'. On the other hand, 'gòu' 'enough' in Chinese can only be used predicatively, not attributively, e.g., 'Shíjiān gòu' '*?Time is enough.', but not *gòu shíjiān 'enough time'. Therefore gòu is marked Vs-pred. Employing this new system of parts of speech guarantees good grammar!

Default wordhood. In English, words cannot be torn apart and be used separately, e.g., *mis-not -understand. Likewise in Chinese, e.g., *xǐbùhuān 'do not like'. However, there is a large group of words in Chinese that are exceptions to this probably universal rule and can be separated. They are called 'separable words', marked -sep in our new system of parts of speech. For example, shēngqì 'angry' is a word, but it is fine to say *sheng tā qì* 'angry at him'. Jiéhūn 'get married' is a word but it's fine to say *jiéguòhūn* 'been married before' or *jiéguò sān cì hūn* 'been married 3 times before'. There are at least a couple of hundred separable words in modern Chinese. Even native speakers have to learn that certain words can be separated. Thus, memorizing them is the only way to deal with them by learners, and our new system of parts of speech helps them along nicely. Go over the vocabulary lists in this series and look for the marking –sep.

Now, what motivates this severing of words? Ask Chinese gods, not your teachers! We only know a little about the syntactic circumstances under which they get separated. First and foremost, separable words are in most cases intransitive verbs, whether action, state or process. When these verbs are further associated with targets (nouns, conceptual objects), frequency (number of times), duration (for how long), occurrence (done, done away with) etc., separation takes pace and these associated elements are inserted in between. More examples are given below.

Wǒ jīnnián yǐjīng kǎoguò 20 cì shì le!! (I've taken 20 exams to date this year!)

Wǒ dàoguò qiàn le; tā hái shēngqì! (I apologized, but he's still mad!)

Fàng sān tiān jià; dàjiā dōu zǒu le. (There will be a break of 3 days, and everyone has left.)

Final Words

This is a very brief introduction to the modern Mandarin Chinese language, which is the standard world-wide. This introduction can only highlight the most salient properties of the language. Many other features of the language have been left out by design. For instance, nothing has been said about the patterns of word-formations in Chinese, and no presentation has been made of the unique written script of the language. Readers are advised to search on-line for resources relating to particular aspects of the language. For reading, please consult a highly readable best-seller in this regard, viz. Li, Charles and Sandra Thompson. 1982. Mandarin Chinese: a reference grammar. UC Los Angeles Press. (Authorised reprinting by Crane publishing Company, Taipei, Taiwan, still available as of October 2009).

Shou-hsin Teng, PhD

Professor of Chinese Linguistics

University of Massachusetts, Amherst, Mass, USA (retired)

National Taiwan Normal University, Taipei, Taiwan (retired)

Maa Fa Luang University, Chiang Rai, Thailand

Dept. of Chinese as a Second Language, Chungyuan Christian University, Chungli, Taiwan (current)

當代中文課程
A Course in Contemporary Chinese

編輯理念

　　《當代中文課程》是一套結合溝通式教學和任務導向學習的系列教材，共六冊，前三冊以口語訓練為主，後三冊則以書面語為主。教材內所運用的語言以當下臺灣社會所使用的標準「國語」為主，由於各地語言標準不一，身為臺灣的編輯群僅能以我們所熟悉的語言進行編寫，然而我們所使用的「臺灣的國語」與一般所謂的「臺灣國語」有所區隔，前者是標準語言，由教育部國語推行委員會（2013 年改名為終身教育司）所規範；後者多指受閩南方言影響形成的臺灣特有的語音、詞彙及語法，例如，「一臺腳踏車」、「一粒西瓜」、「他不會知道」或「他有吃飯」。在這個教材中，我們使用的規範語言有以下特徵：

1. 和普通話同樣的語音系統，除了少數一些詞的聲調不同，例如：「頭髮」的「髮」讀三聲不是四聲、「星期」的「期」讀二聲而不是一聲、「可惜」的「惜」讀二聲不是一聲等等。

2. 沒有兒化韻，例如：我們使用「哪裡、好玩、好好地」，而不使用「哪兒、好玩兒、好好兒地」。

3. 幾乎沒有輕聲詞，除了少數例外，如：「謝謝、關係、東西」，和親屬稱謂，如：「爸爸、媽媽、姐姐」等等。

4. 某些詞彙習慣加上「子」，不太使用單音節。例如：桌子、蝦子、靴子、鴨子。

5. 臺灣日常使用的詞彙，有些不同於普通話。例如：國語（普通話）、腳踏車（自行車）、計程車（出租車）、電腦（計算機）、雷射（激光）、警察（公安）、泡麵（方便麵）等等。

6. 在句法的表現上，原則上與普通話相同，差異的部分在語法用法中將特別說明，如：對於動作動詞的否定，「沒有」用得比「沒」多。下面 7-8 中也舉了幾個例子。

7. 對於雙音節狀態動詞 V-not-V 的形式，除了 AB 不 AB 外，還使用 A 不 AB，如：喜不喜歡、知不知道；表示嘗試貌的動詞形式，除了普通話的「VV 看」外。臺灣形式的「V 看看」基本不用。

8. 對於表示目的地的方式，除了「他到學校來／去」這樣的形式外，「到」也可以和「來」、「去」一樣，當動詞，後面常常不需要「來」、「去」，如：「我們晚上去 KTV 唱歌」、「我們晚上到 KTV 唱歌」。

　　這系列教材適合來臺學習中文的人士，也適用於海外高中或大學學習中文的學生。各冊教材分別包含課本、學生作業本、教師手冊；1、2 冊則另有漢字練習。每冊設計重點如下：
　　第 1 冊著重在實際日常生活對話；
　　第 2 冊除了對話外，開始輔以短文閱讀；

第 3 冊則從長篇對話進入書面語及篇章的訓練；

第 4 冊維持長篇對話與篇章兩種形式，擴展能談論的話題；

第 5 冊選擇當代爭議性議題；第 6 冊則選材自真實語篇（部分稍加修改）。涵蓋社會、科技、經濟、政治、文化、環境等多元主題，拓展學生對不同語體、領域的語言認知與運用。

如果以一天上課三小時、每週五天的速度，約三個月學完一冊，不間斷學完六冊約莫一年半時間。學完六冊，相當於美國中文研究所學生程度（ACTFL Superior level 或 CEFR C1）。

每一冊課本的內容除了上述的對話或閱讀篇章外，必要的成分還有詞彙、語法、課室活動和文化點等四個部分。第一冊前八課的文化點之後則分別補充了漢字的基本筆順、基本結構及部件、六書、漢字的起源、發音、漢拼及標點符號，學習者可以自行參考。

以下分別敘述課本中四個主要成分的特色以及本教材語音教學原則。

一、詞彙（Vocabulary）

在這個部分，我們區隔了詞、專有名稱（Names）和詞組（Phrases）；每個成分都給予拼音和英文解釋（只針對當課的語義）；課本中所稱的詞組，範圍較廣，除了語言學上相對於「詞」的「詞組」外，還涵蓋了教學中的固定語（idiomatic expression or chunks）、四字格和成語等概念。「詞」另外加註了詞類。詞類——也是本教材的一大特色，我們採用鄧守信博士為華語教學所規劃的詞類架構，呈現出詞類與語法規則的對應，並有效防堵學習者的偏誤。我們相信學習者對詞類的認識是必需的，如果他們知道「恐怕」是副詞，那麼就不會造出「我恐怕蟑螂」這樣的句子，因為一個句子一定要有一個主要動詞，而「恐怕」不是動詞。

表1 《當代中文課程》八大詞類

八大詞類	Parts of speech	Symbols	例子
名詞	Noun	N	水、五、昨天、學校、他、幾
動詞	Verb	V	吃、告訴、容易、快樂、知道、破
副詞	Adverb	Adv	很、不、常、到處、也、就、難道
連詞	Conjunction	Conj	和、跟、而且、雖然、因為
介詞	Preposition	Prep	從、對、向、跟、在、給
量詞	Measure	M	個、張、杯、次、頓、公尺
助詞	Particle	Ptc	的、得、啊、嗎、完、掉、把、喂
限定詞	Determiner	Det	這、那、某、每、哪

　　本教材使用的詞類架構如表 1 所示，一般教師對八大詞類的概念不陌生，與一般傳統教材詞類概念差異較大的，是動詞部分。以下先針對七大類簡要述說，將動詞放到最後說明。

1. 名詞（noun）

　　為了精簡詞類，名詞類包括了一般名詞、數詞、時間詞、地方詞、代名詞。名詞可以出現在句中的主語、賓語、定語位置。時間詞較特殊，也可以出現在狀語位置，例如：他明天出國。

2. 量詞（measure or classifier）

　　除了修飾名詞的量詞外，如：一件衣服、一碗飯，也包括計量動作的量詞，如：來了一趟。量詞出現在限定詞及數詞之後。

3. 限定詞（determiner）

　　限定詞極為有限，如：這、那、哪、每、某。除了限定指稱的功能，如：這是一本書，在句法上也有獨特地位，它可以和其他成分組成名詞詞組，出現的位置如右順序：「限定詞+數詞+量詞+名詞」，例如：那三本書是他的。

4. 介詞（preposition）

　　介詞主要功能是用來引介一個成分，形成介詞詞組，表達句子的時間、地方、工具、方式等語意角色，通常位於狀語位置，也就是主語和動詞之間。有些詞兼具動詞與介詞，此時只能根據它們在句中的功能分別給予詞類。例如：「他在家嗎？」這裡的「在」是動詞；而「他在家裡看電視」這裡的「在」是介詞。

5. 連詞（conjunction）

　　主要有兩類，一是並列連詞，連接兩個（以上）詞性相同的詞組成分，如：中國跟美國、美麗與哀愁、我或你；二是句連詞，把分句連成複句形式，如：「雖然…，可是…」。而漢語的句連詞常常成對出現，出現在前一分句的，我們稱「前句連詞」，如：「雖然」；出現在後一分句的，我們稱「後句連詞」，如「可是」。前句連詞如「不但、因為、雖然、儘管、既然、縱使、如果」可以出現在主語前面或後面的位置；後句連詞則只能出現在主語前面，如：但是、所以、然而、不過、否則。可以參見下面兩例：

(1) 她不但寫字寫得漂亮，而且畫畫也畫得好。

(2) 我因為生病，所以沒辦法來上課。

　　當兩分句的主語不同時，連詞只能出現在主語前面，不能出現在主語後面。如下面兩例：

(3) 我們家的人都喜歡看棒球比賽，不但爸爸喜歡看，而且媽媽也喜歡看。

(4) 因為房子倒了，所以他無家可歸。

6. 副詞（adverb）

　　副詞主要功能是修飾動詞組或句子，它的存在與否不會影響句子的合法性。大部分副詞出現在句中的位置是主語和動詞之間，表示評價的副詞以及部分表示猜測的副詞則可以出現在句首，如：「畢竟他不是小孩了，你不必擔心他」、「也許他知道小王去了哪裡」。除了大家熟悉的表示多義的高頻副詞「才、就、再、還」等等，依據語義，副詞大致可分為下面這些類別：

　　表示否定：不、沒、未

　　表示程度：很、真、非常、更、極

表示時間：常常、偶而、一向、忽然、曾經
表示地方：處處、到處、當場、隨地、一路
表示方式：互相、私下、親口、專程、草草
表示評價：居然、果然、難道、畢竟、幸虧
表示猜測：一定、絕對、也許、大概、未必
表示數量、範圍：都、也、只、全、一共

7. 助詞（particle）

助詞是封閉的一類，雖然數量不多，但因為它們在句法結構中的重要性，應該歸類為主要詞類。此外，根據它們在句法中的不同屬性，可以分為下面六小類：

感嘆助詞（Interjections）：喂、咦、哦、唉、哎
時相助詞（Phase particles）：完、好、過$_2$、下去
動助詞（Verb particles）：上、下、起、開、掉、走、住、到、出
時態助詞（Aspectual particles）：了$_1$、著、過$_1$
結構助詞（Structural particles）：的、地、得、把、將、被、遭
句尾助詞（Sentential particles）：啊、嗎、吧、呢、啦、了$_2$

在這六類中，大家比較熟悉的時態助詞出現在動詞之後，表示一個事件的內部時間結構，包含完成體的「了」、經驗體的「過」和持續體的「著」。時相助詞是傳統所謂動補結構中的補語。我們劃分出這一類，主要是這類助詞的實詞義已經消失或虛化，表示的是動作狀態的時間結構，出現在動詞之後、時態助詞之前。

動助詞也是一般所謂的補語。這類助詞的實詞義（如，趨向義）也已經虛化。不同助詞有核心的語義，例如「上、到」是接觸義（contact）；「開、掉、下、走」是分離義（separation）；「起、出」是顯現義（emergence）；「住」是靜止義（immobility）。表達的是客體（theme or patient）與源點、終點的關係（Bolinger, 1971[1]；Teng, 1977[2]）。這裡引鄧守信（2012:240）[3]例子來說明：

(33) a 他把魚尾巴切走了。
　　 b 他把魚尾巴切掉了。

以下是動助詞「走」和「掉」的特性說明：
走：客體自源點分離且施事陪伴客體
掉：客體自源點分離並自說話者或主語場域中消失

在這裡，教師們可以把客體理解為賓語（魚尾巴），源點則是「魚」，就可以清楚看出使用「走」和「掉」之間的差別。

1　Bolinger, D. (1971). *The Phrasal Verb in English.* Cambridge: Harvard University Press.

2　Teng, Shou-hsin (1977). A grammar of verb-particles in Chinese. *Journal of Chinese Linguistics,* Vol.5, 1-25.

3　鄧守信（2012），漢語語法論文集（中譯本）。北京市：北京語言大學出版社。

教學時，區分出動助詞這一類，說明它們的特性，可以讓學生透過主要動詞與助詞的搭配，推估出句義，也可以解釋動助詞與動詞之間的選擇關係。動助詞與時態助詞共同出現時，也是位於時態助詞之前，但它們不和時相助詞一起出現。

結構助詞則是包括：定語助詞「的」、狀態助詞「地」、補語助詞「得」、處置助詞「把、將」、被動助詞「被、給、遭」等等。

8. 動詞（verb）

動詞主要的句法功能，是做為句子的主要謂詞。為了讓學習者可以透過詞類來掌握動詞的句法行為，在動詞之下，我們區分了動作動詞（Action Verb）、狀態動詞（State Verb）和變化動詞（Process Verb）這三大類，也就是動詞三分的概念（Teng, 1974）[4]。動作動詞有時間性、意志性；狀態動詞沒有時間性，沒有意志性；而變化動詞有時間性，但沒有意志性。

變化動詞對華語教師而言較陌生。變化動詞是指由一個狀態瞬間改變到另一個狀態。我們可以簡單地把動作動詞視為動態；狀態動詞視為靜態；變化動詞則是兼具動態與靜態，如動詞「死」標示了從「活」到「死」的改變。這可以解釋為什麼變化動詞可以像動作動詞一樣，和完成貌「了」一起出現；又像狀態動詞一樣，不能和進行貌「在」一起出現。關於變化動詞和句法之間的關係，可參考表2。

狀態動詞可涵蓋下面這幾個次類：
認知動詞（cognitive verbs）：知道、愛、喜歡、恨、覺得、希望
能願動詞（modal verbs）：能、會、可以、應該
意願動詞（optative verbs）：想、要、願意、打算
關係動詞（relational verbs）：是、叫、姓、有
形容詞（adjectives）：小、高、紅、漂亮、快樂

形容詞這一小類除了做為謂語外，還有一個主要功能是做修飾語。認知動詞則多是及物性的狀態動詞。表示能力或可能性的能願動詞和表示意願的意願動詞這兩小類，在句法上與其他狀態動詞不同的是，它們後面出現的是主要動詞，不是名詞詞組，也不能接時態助詞，我們將之標記為助動詞（Vaux），以突出它們在句法上的特殊性。助動詞因為在句中的位置與狀語相似，有時容易和副詞混淆，基本上助動詞可以進入「V-not-V」句型（請參見表2），具有動詞特性，與副詞截然不同。關係動詞這次類前面不能接程度副詞，也就是不能使用「很」等修飾語，與一般狀態動詞的語法表現不一樣。

4　Teng, Shou-hsin. (1974). Verb classification and its pedagogical extensions. *Journal of Chinese Language Teachers Association,* 9(2), 84-92.

　　動作、狀態、變化這三大類動詞的差異，可以清楚地反映在句法結構上，如表2所示。舉例來說，動作動詞可以和「不、沒、了₁、在、著、把」搭配；狀態動詞則不能和「沒、了₁、在、把」等搭配；而變化動詞則可以和「沒、了₁」搭配，不能和「不」搭配。這樣一來，當學習者看到「破」的詞類是 Vp 時，就不會說出「*花瓶不破」這樣的句子，知道「破」的否定要用「沒」。

表2　動詞三分與句法的關係

	不	沒	很	了₁	在	著	把	請（祈使）	V（一）V	V不V	ABAB	AABB
動作動詞	v	v	x	v	v	v	v	v	v	v	v	x
狀態動詞	v	x	v	x	x	x	x	x	x	v	x	v
變化動詞	x	v	x	v	x	x	x	x	x	v	x	x

〔表格內容主要彙整自 Teng（1974）與鄧守信教授課堂講義〕

　　詞類與句法的表現有時不可能百分之百符合，有規則就可能有例外，但是少數的例外不影響這個系統對學習的優勢。教師應該有這個認知。

　　除了動詞三分外，動詞是否能帶賓語，當然也是個重要的句法特徵，如果知道「見面」是個不及物動詞，自然不會說出「*我見面他」這樣的句子。因此區分及物、不及物也是這個動詞詞類系統的特色。但為了標記的經濟性，我們的詞類標記系統還有個重要概念，即，「默認值」（default value）。例如：V 這個標記除了指「動詞」，還代表「動作動詞」，而且是「及物性動作動詞」。

　　簡單地說，我們以這一類中較多數的成員做為默認值。舉例來說，漢語動詞中以動作動詞居多，動作動詞中又以及物性居多，V 所代表的就是及物動作動詞；狀態動詞中以不及物居多，因此 Vs 代表的是不及物狀態動詞；變化動詞以不及物居多，Vp 代表的是不及物變化動詞。所以對於動作動詞中的不及物動詞，就另外以 Vi 做為標記；狀態及物動詞則以 Vst 代表；變化及物動詞以 Vpt 代表。Vaux 的默認值則是狀態動詞，不及物。表3是動詞系統的詞類標記以及標記所代表的意義。

表3　動詞詞類標記代表的意義

標記	動作	狀態	變化	及物	不及物	可離性	唯定	唯謂	詞例
V	◎			◎					買、做、說
Vi	◎				◎				跑、坐、笑、睡
V-sep	◎				◎	◎			唱歌、上網、打架
Vs		◎			◎				冷、高、漂亮
Vst		◎		◎					關心、喜歡、同意
Vs-attr		◎			◎		◎		野生、公共、新興
Vs-pred		◎			◎			◎	夠、多、少
Vs-sep		◎			◎	◎			放心、幽默、生氣
Vaux		◎			◎				會、可以、應該
Vp			◎		◎				破、壞、死、感冒
Vpt			◎	◎					忘記、變成、丟
Vp-sep			◎		◎	◎			結婚、生病、畢業

　　從表3可以看到動詞分類中，除了區分動作、狀態、變化、及物、不及物外，還有三個表示句法特徵的標記：

(1)–attr（**唯定特徵**）

　　　　這個標記代表只能做為定語的狀態動詞。一般狀態動詞的功能是做為句中的謂語，如：那女孩很美麗，或是做為修飾名詞的定語，如：她是一個美麗的女孩。但是像「公共」、「野生」這樣的狀態動詞，只能出現在定語位置，如：公共場所、野生品種、那是野生的，不能單獨出現做為謂語，如不能說：「*那種象很野生」。

(2)–pred（**唯謂特徵**）

　　　　這個標記代表只能做為謂語的狀態動詞。相對於前一種類型，這類狀態動詞只具有謂語功能，而不具有定語功能。典型的例子如：「夠」，如果學生知道「夠」是 Vs-pred，就不會說出「*我有（不）夠的錢」，而要說「我的錢（不）夠」。

(3)–sep（**可離特徵**）

　　　　這個標記代表的是漢語中一類特殊的動詞，傳統稱離合詞，這類詞的內部結構為：動詞

性成分+名詞性成分，在某些情況下顯現可離性，類似動詞與賓語的句法表現。離合詞中間可插入的成分包括：時態助詞，如(1)；時段，如(2)；動作的對象，如(3)；表示數量的修飾語，如(4)。

(1) 我昨天<u>下</u>了<u>課</u>，就和朋友去看電影。

(2) 他<u>唱</u>了三小時的<u>歌</u>，很累。

(3) 我想<u>見</u>你一<u>面</u>。

(4) 這次旅行，他<u>照</u>了一百多張<u>相</u>。

離合詞的基本屬性是不及物動詞，相關的標記有動作動詞 V-sep、狀態動詞 Vs-sep 和變化動詞 Vp-sep。學生認識離合詞這個標記與特性，可以避免說出「*他唱歌三小時」這樣偏誤的句子。當然，在臺灣已經有些離合詞，如：「幫忙」，傾向於及物用法。因為仍不穩定，教材中仍以不及物表現為規範。

從上面這些說明，教師可以發現動詞有五個層次，第一層是最上層的動詞；第二層是動作、狀態、變化；第三層是及物、不及物；第四層是唯定、唯謂；第五層是離合。教師可以透過這些分類概念，建立學生句法的規則，更可以適時的進一步提醒學生這些類別細緻的句法行為。例如，在表 2 顯示狀態動詞可以和「很」共現（co-occur），但是 Vs-attr、Vs-pred 這兩類因為不是典型的狀態動詞，所以不能和「很」共現。而 Vs-sep 這類詞 VN 分離後，V 可以和「了」共現，例如：「他終於放了心」。及物、不及物的標記也可以做為動詞是否可以與「把、被」共同出現的條件。學生如果認識「上當、中毒」等是不及物離合動詞，就不會因為它們帶有不愉快的語義而說出「被上當」、「被中毒」這樣偏誤的句子了。

二、語法（Grammar）

在語法項下，分為四個部分來說明及練習：

1. 功能

語言既是交際的工具，因此描述一個語法點，首要的工作是先指出這個語言成分所扮演的功能，……功能指的是一個語法點在句法上、語義上或交際上的功能。並不是每一個語法點都可以交代這些功能，有些只有交際功能，有些只有語法功能，要視語法點的性質而定。（引自鄧守信，2009:158）[5]

這系列教材在語法點首先說明語言的功能，就是為了讓學生清楚地知道這個語言形式是做什麼用的，例如：得後補語在句法中扮演的是補充角色；狀語、定語扮演的是修飾功能。而非僅羅列出語言形式的表面結構。又如，單音節動詞重疊的結構不難，但到底重疊結構的功能為何，以下是我們對這個語法點功能的描述：

5　鄧守信（2009），對外漢語教學語法（修訂二版）。臺北市：文鶴出版社。

Softened Action V（一）V

Function: Verb reduplication suggests "reduced quantity". It also suggests that the action is easy to accomplish. When what is expressed is a request/command, verb reduplication softens the tone of the statement and the hearer finds the request/command more moderate.（Vol.1, L.6）

　　從這個表達方式，可以清楚看出語法點的標題是以功能導向為原則，點出「VV」這個重疊結構具有和緩或軟化行動的功能。在功能說明中，描述動詞重疊有「減量」的涵意，因此也有動作容易達成的涵意。當我們要請求或下指令時，動詞重疊緩和了說話者的口氣，讓聽話者覺得這個請求或命令較容易達成。在功能描述後緊接著舉 3～4 個例句，例如：「我想學中文，請你教教我」。

　　上述的功能描述即是屬於交際功能的說明，是為了讓學習者清楚地知道這個語言形式可以達到什麼目的，類似的還有「Making suggestions 吧」。至於「都 totality」、「To focus with 是…的」則是屬於語義功能，「Complement marker 得」、「Locative marker 在」也是屬於功能屬性。

　　在講課時，我們盡量不使用專門術語，例如：格（case）或領域（scope），以免增加學習者的負擔。講解是為了讓學生瞭解語法點在句子層面的交際、語義或句法功能。

2. 結構

　　在功能之後，才是結構的說明。在這個部分，先說明語法點的基本語言結構，有的時候，也列出像公式般的線性關係，如：Subject ＋ 把 ＋ Object ＋ V ＋ 了。接著分別說明這個語法點的否定形式和疑問形式，主要是為了讓學生除了知道這個語法點的固定形式外，在表達否定或疑問形式時，也能運用自如。例如，指出狀態動詞的否定使用「不」而不是「沒」；在介紹「把」字句時，說明否定詞應該出現在「把」之前而非動詞之前（「把」之後）。關於疑問形式的呈現，除了教材前幾課外，不舉「嗎」的用例，因為這是普遍可用的形式，而多舉 V-not-V、「沒有」（句尾）或「是不是」等疑問形式。

3. 用法

　　這個部分的用法不是指「語用」（pragmatics），而是指這個語法點什麼時候可以使用，什麼時候不可以使用，使用的時候要注意什麼。也就是要提醒學生使用這個語言形式要注意的地方，例如：狀態動詞重疊後，不可以和程度副詞共同出現，例如，不可以說「*很輕輕鬆鬆」；或是提醒學生完成貌的「了」是表示動作的完成，而不是指過去發生的動作；或是可能和其他結構或詞語混淆，在必要時，也要說明，例如：學生學了「一點」和「有一點」之後，為這兩者的使用差別做一比較。我們盡量在用法這個部分提供多一點的訊息，除了教師的經驗外，也應用中介語語料庫，以幫助學生更準確的使用語言。

4. 練習

　　這個部分是針對語法點所設計的練習，以結構為主。學生作業本中的練習則較多樣，有功能練習，也有結構練習。

三、課室活動（Classroom Activities）

　　這個部分也是練習的一種，不過，在課室活動的設計中，是以任務導向為原則。先讓學生知道做這個活動要達到的學習目標是什麼，然後給予任務說明，通常是設計一個情境，說明要學生完成什麼事。例如：你有一個朋友要來臺灣看你，你想帶他去陽明山，請說說你們要怎麼去。讓學生可以運用當課所教的語言形式，包括交通工具名稱、使用的交通方式和比較使用不同交通工具的結果等等，完成這個任務。

四、文化（Bits of Chinese Culture）

　　文化點有大 C 和小 C 之別，在這個系列教材中，我們希望呈現的是小 C，也就是臺灣社會的生活習慣，包括語言現象，而且盡量選取特殊、有趣的，也就是如果教材中不說，學生不容易發現到的。否則講文化的書籍不少，學生要汲取華人文化的知識，不乏管道，所以關於文學、哲學、政治、歷史、傳統節慶等等不在我們的範圍內。而類似像臺灣人對「四」的禁忌或有字幕的電視節目等這樣的社會習慣，則在我們的文化點之列。每課文化點的安排不一定與當課課文主題相關，我們的用意只是讓學生在學習語言的同時，也認識這個社會。

五、語音教學原則

1. 本教材打破以往先教標音符號的教學模式，跳脫單調的基礎拼音與四聲組合的傳統發音練習，直接融合聽、說、讀、寫四種技巧，以具體、有效使用語音的方式帶領學生進行有意義的發音學習。此方式可改善過去學生依賴拼音符號念讀字句，甚至有時拼音符號寫對了，發音還是不正確的缺點。

2. 聽音和辨音的能力是學好發音的基礎。本教材的語音教學設計鼓勵初級學生一開始先運用耳朵——即聽力，模仿老師及音檔的發音，讓學生逐步從「聽」和「看」中，建立起文字、意義與聲音結合的概念。

3. 每課皆依據生詞以及課文於第一冊教師手冊中設計語音教學內容，發音練習必與課文連結，使學生能在有意義的情境下學習發音。當學完第一冊 15 課後，學生即能有完整的語音訓練。

　　例如，第一冊第一課「歡迎你來臺灣」的課文中出現了「不客氣」和「對不起」兩詞，因此我們在這一課就介紹「不」的變調。練習時所用的「不喝、不來、不喜歡、不是」等變調例，皆從課文而來，無一偏離。但若為增加練習量而加上「不漂亮、不好看、不吃、不想」這些第二、三課的詞，對這時的學生來說便是無意義的。

4. 本教材不特別設一獨立課程教授漢語拼音原則〔如聲調符號標定位置，或 liú（i+ou→iu）、sūn（u+en→un）等說明〕，但各種發音練習會在教師手冊、作業簿、考題中循序且有系統地帶入。

　　配合上項語音教學原則，所有練習、考題的設計皆須為「在課文中出現，已教、已學」的成分，故在未介紹完拼音符號前不出現「聽寫拼音符號」等題型，亦不要求學生「看拼音符號即念出某字音」。

　　此外，針對學生易混淆的發音，則於第一冊作業簿中安排「聽力─辨音」項目（即第二大題）進行練習。如某題題幹為「音樂」，學生會看到「音樂」的漢字，然後聽到兩個選項：「A.醫院，B.音樂」，圈選 B 才是正確答案。而為達聽辨練習效果，每一題的選項皆力求具誘答力；然考量前五課的詞彙量實難以設計出理想的辨音題目，因此前五課的作業練習不列此項。

結語

　　最後，我們要強調的是，教材不可能呈現百分之百教學的內容，只是做為教學的出發點。教師可視教學對象的不同，靈活運用教材內容。例如，如果您在高雄教授中文，可以將課文中的「臺北古亭站」置換成高雄捷運的站名，因為我們相信語言的運用必須與當地的環境相結合。所以，儘管我們的教材只能以英語做為翻譯的語言，但教師當然可以視狀況採用中文或其他語言在課室中進行詞語的解釋。我們衷心期盼這系列教材可以帶給您全新與雀躍的感受。

壹、教學目標

Topic：自我介紹 Introducing Myself

　　　　讓學生學會用簡單的中文打招呼。

　　　　讓學生學會用簡單的中文介紹自己。

　　　　讓學生學會用簡單的中文介紹別人。

　　　　讓學生學會用簡單的中文問別人的喜好。

　　　　讓學生學會用簡單的中文道謝、接受謝意（回應）。

貳、教學重點

一、暖身活動

　　　　師生互動的方式來打招呼，介紹自己。

你好。	你好。
謝謝。	不客氣。
我姓 ____，我叫 _____，我是 _____ 人。	

二、詞彙解說

1. 「是」表示等同，謂語的主要部分在「是」的後面：主＋是＋NP。

　　例如：他是李明華。這是王先生。這是什麼茶？你是哪國人？

　　主語可以是名詞或短語，否定只能用「不」。例如：我不是美國人。這不是咖啡。

2. 「是」與「是的」不同。

三、語法重點提示及練習解答

1. 漢語常見的提問方式（Ways to Ask Questions in Chinese）

		例句
(1)	A-not-A 的方式 用在較長的疑問句及中性問句，表示沒有任何預設立場。A 可為動詞、狀態動詞、副詞。	王先生要不要喝咖啡？ 這是不是烏龍茶？ 臺灣人喜歡不喜歡喝茶？
(2)	sentence + ma 嗎 用疑問助詞形成問句，一般用在比較簡短的問句。	你好嗎？ 你來接我們嗎？ 他叫開文嗎？

a. 使用 A-not-A 疑問句時，後面不可以加上「嗎」。＊這是不是茶嗎？

b. 最像英文的 yes / no question。

c. A 為雙音節 XY 時，第一個 A 可省去 Y。

　　例句：你喜歡不喜歡我？＝你喜不喜歡我？

2. 漢語常見的回答方式（Answering Questions in Chinese）

提問方式	回答的方式有肯定和否定兩種
	回答
A-not-A? sentence+嗎?	肯定：漢語中只要重複問句中的 A 即可。 　　你是王先生嗎？　　　　是。 　　臺灣好不好？　　　　　好。 　　他喜歡不喜歡喝茶？　　喜歡。
	否定：在 A 的前面加上「不」 　　王先生喝茶嗎？　　　　不喝。 　　這是不是王先生？　　　不是。 　　他要不要喝咖啡？　　　不要。 　　你喜歡不喜歡喝烏龍茶？不喜歡。 簡單回答時的例外，「姓」和「叫」，不可回答「不姓」、「不叫」

3. Modification Marker 很 hěn：「很」為副詞，出現在狀態動詞（Vs）前面，修飾狀態動詞。「很」出現在狀態動詞前時，有的時候沒有加強的意思，例如：「你好嗎？」的回答：「我很好」。

有時則帶有強調的意思，例如：「陳小姐不喜歡喝茶嗎？」，回答：「陳小姐很喜歡喝茶。」此處的「很」語氣即帶有加強的意思。

4. Contrastive Questions with 呢 ne：「呢」用於緊接前一句的某一部分，以縮略問句的
   形式提問。有兩種形式：
   (1) SVO，S2 呢？他是美國人，你呢？
   (2) SVO，O2 呢？你喜歡喝茶，咖啡呢？

● 語法練習解答一

（一）

1. 李明華<u>是</u>不<u>是</u>美國人？
2. 陳月美<u>來</u>不<u>來</u>臺灣？
3. 王先生<u>喜歡</u>不<u>喜歡</u>喝咖啡？（王先生<u>喜</u>不<u>喜歡</u>喝咖啡？）
4. 他<u>要</u>不<u>要</u>喝茶？
5. 他<u>要</u>不<u>要</u>來臺北？

（二）

疑問句	回答
1. 他叫明華嗎？	他叫明華。
2. 陳小姐是臺灣人嗎？	陳小姐是臺灣人。
3. 他喜歡喝咖啡嗎？	他喜歡喝咖啡。
4. 王先生叫開文嗎？	王先生叫開文。
5. 他是日本人嗎？	他不是日本人。

● 語法練習解答二

（一）

疑問句	肯定回答
1. 臺灣人喜歡不喜歡喝茶？	臺灣人喜歡喝茶。
2. 你要不要喝咖啡？	我要喝咖啡。
3. 你喜歡他嗎？	我喜歡他。
4. 他是不是日本人？	他是日本人。
5. 你要喝烏龍茶嗎？	我要喝烏龍茶。

（二）

1. 李小姐是美國人嗎？<u>不是。</u>（李小姐不是美國人。）
2. 他是陳先生嗎？<u>不是。</u>（他不是陳先生。）
3. 他喜歡喝茶嗎？<u>不喜歡。</u>（他不喜歡喝茶。）
4. 王小姐要不要喝咖啡？<u>不要。</u>（王小姐不要喝咖啡。）
5. 他叫明華嗎？<u>不叫明華。</u>（他不叫明華。）

● 語法練習解答三

練習「很」強調及非強調的兩種方式。

● 語法練習解答四

1. 陳小姐來臺北，王先生呢？
2. 日本人喜歡喝咖啡，<u>美國人</u>呢？
3. 他來臺灣，李先生呢？
4. 你不喝咖啡，<u>烏龍茶</u>呢？
5. 他喝烏龍茶，<u>咖啡</u>呢？

四、 課室活動練習說明及解答

1. 第一個活動：課本的圖片，兩個同學為一組，介紹自己和別的同學。以輪流互問的方式進行，並以拼音簡單記錄所聽到的答案。
2. 第二個活動：A 同學以「A-not-A」形式問同學喜歡不喜歡喝茶或是咖啡。如果B同學回答是肯定，就請他喝，否定的話再給他另一個選擇。
3. 第三個活動：兩個同學一組，使用「你要不要…」問題，及禮貌回答「好的」，或「不要，謝謝」。
4. 第四個活動：看課本的圖片，使用「呢」以輪流互問的方式進行，收集同學的答案，並向全班報告。

● 課室活動練習解答一

（根據實際情形回答）
你好，我姓 _____ ，叫 _____ ，我是 _____ 人。你呢？
我叫 _____ ，我是 _____ 人。

● 課室活動練習解答二

1. 你喜歡不喜歡喝茶？
2. 我喜歡喝茶。
3. 你喜歡不喜歡喝咖啡？
4. 我不喜歡喝咖啡。

● 課室活動練習解答三

A：你要不要…？
B：好的，謝謝。／不要，謝謝。

● 課室活動練習解答四

A：陳月美喜歡喝咖啡。王開文呢？
B：他不喜歡喝咖啡，他喜歡喝茶。
A：王小姐是日本人，李明華呢？
B：他不是日本人，他是臺灣人。

五、文化參考與補充

泡茶文化

　　「有閒來泡茶」是臺灣人常掛在嘴邊的一句話，閒暇時和三五好友一起泡茶。準備一套茶具，泡一壺本土出產的高山茶，手裡端著小巧玲瓏的茶杯，細細品嚐茶香，和好友一邊泡茶一邊聊天，是聯絡感情的最好方法。

　　平常在家裡，飯後泡一杯茶自己喝，或泡一壺茶和家人話家常，聊聊茶餘飯後的趣事。上班族早上走進辦公室時，也會先泡一杯茶來啟動一天的活力，講究的人就泡茶葉，圖方便的用茶包，也不會減少喝茶的興致；在廟口或公園的大樹下，也常看到一些上了年紀的長者，閒來就呼朋引伴，圍著一張小桌子，泡起茶來，還一邊喝茶一邊嗑瓜子，吃吃小點心呢。茶就是這樣和臺灣人常相左右。

稱呼小名的方式

　　中國人親人或朋友間如何叫小名，一般會在「姓」前面加個「老」或「小」，或在名字最後一個字的前面加「小」。臺灣人受閩南語影響也會加「阿」，也有人重複名字中最後一個字，比如說「陳文華」，小名可能是「老陳」、「小陳」、「小華」、「華華」或「阿華」。

六、語音指導重點

1. 教授中文的四聲及輕聲（四聲與輕聲的練習以本課出現的單音節詞為主）。
2. 介紹調號及其書寫方向。

　　因本課尚未介紹拼音符號及標調位置，故作業簿第一大題「聽力——標調號」的練習直接在應標位置加上括號及底線（參見作業簿第一課）；俟拼音符號與標調原則介紹後，便取消此提示。

3. 讓學生學會聽音分辨聲調。
4. 三聲變調原則。
5. 「不」的變調。

練習內容：

1. 基本聲調（同時介紹調號）

　　一聲（ˉ）：接、喝、他
　　二聲（ˊ）：來、茶、人
　　三聲（ˇ）：你、我、請、很、哪
　　四聲（ˋ）：是、這、姓、叫、要
　　輕聲（無調號）：嗎、呢／我們、你們、是的、謝謝、什麼

　　訓練學生聽音分辨聲調是本課語音教學重點，但「糾音」仍是每日、每次練習時的重要工作。除了聲調，只要學生出現語音偏誤也都應即時糾正。糾音時，不特別指出拼音符號，而是要求學生運用眼睛、耳朵，觀察教師口型及其所聽見的聲音，改正自己的發音。

　　介紹調號時，應特別說明調號的書寫方向，如二聲「ˊ」，強調由下往上寫：↗；四聲「ˋ」，由上往下寫：↘。藉此建立學生正確的調值觀念：二聲上揚、四聲下降。

2. 三聲變調

　(1) 先以本課生詞舉同音連讀（不變調）例如：

　　一聲：先生、咖啡
　　二聲：明華

　(2) 本課三聲變調生詞（但標注時調號不變）

　　小姐（ˇ＋ˇ→ˊˇ）　　你好（ˇ＋ˇ→ˊˇ）

　(3) 三聲變調原則：

ˇ		ˇ		ˇ		ˇ ─	
(ˊ)				(ˊ)		(ˊ)	
小	姐	我		很	好	很	好 喝
ˇ ˇ		ˇ		ˇ ˇ		ˇ	ˇ ─
(ˊ)				(ˊ)		(ˊ)	
你	好	李		小	姐	我	喜 歡
ˇ ˇ						ˇ	ˇ
(ˊ)						(ˊ)	
很	好					你	好 嗎

3.「不」的變調

不＋1、2、3聲→ 發四聲（標四聲）		不＋4聲→ 發二聲（標二聲）	
＼ 不	一 喝咖啡	／ 不	客氣
＼ （來）不	／ 來	／ 不	＼ 是
＼ 不 （對）不	∨ 喜歡 起	／ （要）不	＼ 要

請多利用課文及語法例句進行整句練習：

你好嗎？ ／ 我很好。

謝謝你。 ／ 不客氣。

你喜歡喝茶嗎？ ／ 我喜歡喝茶。

你要不要喝咖啡？ ／ 我不喝咖啡。

烏龍茶很好喝。

他很喜歡臺灣。

我不是日本人。

七、漢字介紹

漢字基本筆畫

中國的書法中有八種基本筆畫，也可說是寫中國字的基本筆畫。這八種筆畫是：横、豎、撇、捺、點、挑、鉤、折。為初學者學習筆畫的基礎法則。

、學生作業本參考解答

I. 聲調辨識

1. 客氣 kèqì	2. 歡迎 huānyíng	3. 烏龍茶 Wūlóng chá	4. 好喝 hǎohē	5. 喜歡 xǐhuān
6. 臺灣 Táiwān	7. 美國 Měiguó	8. 日本 Rìběn	9. 咖啡 kāfēi	10. 先生 xiānshēng

II. 聽與答：我想認識這個人

A. 聽聽他們怎麼說陳小姐，看問題選出對的答案。

   1. b   2. b   3. b

B. 我想認識李先生和王小姐，在答案格填入合適的字。

   1. b   2. a   3. c   4. d

C. 聽完下面的對話，對的打〇，不對的打 ×。

   1. ×   2. ×   3. 〇   4. ×

III. 對話配對練習

A. 配合題

   1. G   2. C   3. A   4. B   5. H   6. D   7. E   8. F

B. 打招呼及禮貌的回應表達

   1. c.你好！   2. a.謝謝！   3. d.不客氣。   4. b.你是哪國人？

IV. 閱讀理解

A. 介紹自己和朋友

	叫什麼	哪國人	喜歡喝什麼	什麼好喝
王小姐	美月	美國人	咖啡	美國咖啡
李先生	開文	臺灣人	茶	臺灣茶

B. 看名片回答問題

   1. c   2. d／e

V. 「A-not-A」句型練習：請把下面句子寫成 A-not-A 問句，並用否定形式回答

1. 他是不是美國人？	他不是美國人。
2. 臺灣人喜不喜歡喝茶？	臺灣人不喜歡喝茶。
3. 這是不是烏龍茶？	這不是烏龍茶。
4. 他要不要喝咖啡？	他不要喝咖啡。

VI. 重組

   1. ⑤③④②①   請問你是不是日本人？
   2. ②③①   烏龍茶很好喝。
   3. ①⑤③②④   我很喜歡喝咖啡。
   4. ④⑤①②③   陳先生不是美國人嗎？
   5. ④①③②   歡迎你來臺灣。

VII. 寫漢字（配合聽、看再寫）

　　1. 請問他是陳先生嗎？

　　2. 謝謝你來接我們。

　　3. 這是王先生。

　　4. 我喜歡喝茶，你呢？

　　5. 歡迎你們來臺灣。

VIII. 完成句子（自由題）

聽力測驗文本

II. 聽與答

A.

　　1. 謝謝，我不喝咖啡，我喝茶。

　　　Q：請問陳小姐喜歡喝什麼？

　　2. 陳小姐不是日本人，她是美國人。

　　　Q：請問陳小姐是不是日本人？

　　3. 男：陳小姐，歡迎你們來臺灣。

　　　女：謝謝。

　　　Q：請問陳小姐是臺灣人嗎？

B.

　他姓李，叫文開，李先生是美國人，喜歡喝茶。

　她姓王，叫美月，王小姐是日本人，喜歡喝咖啡。

C.

　　男：你好，我姓陳，叫開文。請問妳是李小姐嗎？

　　女：是的。我叫李月美。

　　男：李小姐！歡迎妳來臺灣。

　　女：陳先生，謝謝你來接我。

VII. 寫漢字（請學生先聽再看拼音。與寫漢字答案同）

肆、其他教學資源

◎世界地圖

◎ACCESS 全漢字檢索系統

　　http://huayutools.mtc.ntnu.edu.tw/mtchanzi/

伍、教學範本

教學步驟概述：以每週上 10 堂課（每堂課 50 分鐘），每五天上完一課為教學範例。

課名	第一課 歡迎你來臺灣！
主題	基本日常用語：包括機場接人、拜訪朋友的用語及道謝的禮貌用語
教學目標	・讓學生學會用簡單的中文打招呼。 ・讓學生學會用簡單的中文介紹自己。 ・讓學生學會用簡單的中文介紹別人。 ・讓學生學會用簡單的中文問別人的喜好。 ・讓學生學會用簡單的中文道謝、接受謝意（回應）。
教學資源	世界地圖 ACCESS 全漢字檢索系統 http://huayutools.mtc.ntnu.edu.tw/mtchanzi/
時間分配	教學活動或教學步驟概述
第一天 5 分鐘	暖場活動： 複習與提問	發學生名牌並且置放在學生前面。老師預先做好學生的名牌（漢字加上拼音）。 老師：歡迎你們來臺灣。 學生：謝謝。

第一天
第一小時
	對話一
	詞彙解說
	與舉例
	
	PPT
	輔助教學
		發學生名牌並且置放在學生前面。老師預先做好學生的名牌（漢字加上拼音）。
		
		1. 老師自我介紹。以「姓」、「叫」、「是」為核心詞彙，讓學生學會自我介紹。
		  我姓＿＿＿＿＿。我叫＿＿＿＿＿。
		  我是＿＿＿＿＿人。
		2. 利用前面的基本資料進行語法教學。
		  語法重點：A-not-A 的形式
		          sentence + 嗎 ma
		          肯定回答與否定回答

第二小時		生詞教學：對話一的生詞
		1. 以接機的圖片為輔助教具介紹本課主要人物。
		  姓、是、叫、先生、小姐
		
		2. 以接機的主題進行主題詞彙和禮貌用語。
		  謝謝你來接我們。
		  歡迎你們來臺灣。
		  謝謝。
		  不客氣。

		★作業 1. 寫作業簿。 2. 訪問 2 個同學（姓什麼、叫什麼、哪國人），次日介紹 2 個同學，並寫下訪問的問題整理為文字資料，交給老師。
第二天 第 一 小 時	對話一 練習 PPT 輔助教學	發學生名牌並且置放在學生前面。 老師預先做好學生的名牌（漢字加上拼音）。 1. 複習昨日所學。 2. 聽寫生詞。 3. 報告第一天所採訪的資料。 4. 對話一教學。 　明華：請問你是陳月美小姐嗎？ 　月美：是的。謝謝你來接我們。 　明華：不客氣。我是李明華。 　月美：這是王先生。 　開文：你好。我姓王，叫開文。 　明華：你們好。歡迎你們來臺灣。
第 二 小 時		1. 對話一教學。 　課文理解 　回答問題 　同學互問問題 ★作業 1. 寫作業簿。 2. 寫出接機時該說什麼歡迎話語。 　被接的人該說什麼客氣話。
第三天 第 一 小 時	對話二 詞彙解說 與舉例 PPT 輔助教學	發學生名牌並且置放在學生前面，老師預先做好學生的名牌（漢字加上拼音）。 1. 簡單複習昨日所學。 2. 聽寫生詞。 3. 同學報告接機人的歡迎話和客氣話。 4. 以對話二的圖為教具。 　臺灣人喜歡喝茶，你呢？ 　引出：Contrastive questions with 呢 *ne* 5. 生詞教學。

第二小時		1. 生詞教學。 2. 對話二教學。 　　明華：請喝茶。 　　開文：謝謝。很好喝。請問這是什麼茶？ 　　明華：這是烏龍茶。臺灣人喜歡喝茶，開文，你們日本人 　　　　　呢？ 　　月美：他不是日本人。 　　明華：對不起，你是哪國人？ 　　開文：我是美國人。 　　明華：開文，你要不要喝咖啡？ 　　開文：我喜歡喝茶，我不喝咖啡。 3. 回答理解課文的問題。 ★作業 1. 寫作業簿 2. 訪問 2 個同學，寫出並說出： 　　喜歡喝什麼？不喜歡喝什麼？
第四天 第一小時	語法解說 學生練習	發學生名牌並且置放在學生前面，老師預先做好學生的名牌 （漢字加上拼音）。 1. 聽寫生詞。 2. 報告同學喜歡喝什麼？不喜歡喝什麼？ 3. 課室活動（課本）。
第四天 第二小時	活動與任務解說 學生練習	發學生名牌並且置放在學生前面，老師預先做好學生的名牌 （漢字加上拼音）。 1. 課室活動（課本）。 2. 分組活動。 3. 檢討作業簿。
第五天	評量	複習 考試：配合聽、說、讀、寫與任務等項目出題。
回家功課	教師依照當日教學進度配合課本語法點的頁數與作業簿指定。	

第二課

我的家人

、**教學目標**

Topic：家人 Family Members

讓學生學會用簡單的中文談論自己的家庭成員和他們的名字。

讓學生學會用簡單的中文描述人物、地方和擁有的物品。

讓學生學會用簡單的中文詢問及回答家裡有幾個人。

、**教學重點**

一、暖身活動

1. 複習第一課的國籍、姓、名和喜好（喜歡），可以詢問方式或讓學生互問，問句可使用「嗎」、「A不A」、「呢」。

2. 由此帶入本課的家人，詢問學生的家人的國籍、姓、名和喜好，如：「你爸爸喜歡喝咖啡嗎？」，先不必帶出「的」。可以前一天讓學生先預習本課對話一的生詞，或是當天以圖片（如家族樹）來呈現家人的名稱。

二、詞彙解說

1. （對話一）「漂亮」可用來形容人的外表，也可以用來形容物品，但「漂亮」多用於讚美女性，而非男性，在第一冊與「好看」同義。

2. （對話二）視學生情況解講一下「伯母」這個稱呼何時用。

3. 講解一下「您」和「你」的區別。

三、語法重點提示及練習解答

1. 的 de *possessive*：注意「的」何時可以省略。
2. Modifier Marker 的 de：注意「的」何時不必出現。
3. 有 yǒu *possessive*：
　　注意「有」的否定用「沒」，不能用「不」。這個語法重點主要用意就是要帶出「沒」這個否定詞。
4. 都 dōu *totality*：
　　(1)「都」出現在句中所要求的「結構」較為複雜，usage 中第一、二點都是學生很容易犯的錯誤，必須小心提醒。
　　(2) 視學生情況補充「都不」和「不都」，可以讓學生更了解「不」否定範圍，但「不都」的使用頻率遠低於「都不」，所以在第二課不急著介紹。
5. Measures 個 ge and 張 zhāng：
　　(1) 注意中文的數詞和名詞之間必定需要有「量詞」。
　　(2) 注意「二」和「兩」，後面有量詞時用「兩」，至於其他的區別（如：200 怎麼說）不急著介紹。

● 語法練習解答一

| A.的　　B.名字　　C.老師　　D.妹妹　　E.你　　F.你們 |

1. 他 ＿A.的＿ ＿B.名字＿ 是馬安同。
2. 陳先生 ＿A.的＿ ＿C.老師＿ 姓李。
3. 我 ＿D.妹妹＿ 是老師。
4. ＿E.你 / F.你們＿ 爸爸來不來？
5. ＿E.你 / F.你們＿ 家很漂亮嗎？
　　（4、5 題以 E 為標準答案，但視學生情況補充 F 這個答案，如果聽話人為複數的話，可以用 F）

● 語法練習解答二

1. ②③①　很好看的人多不多？
2. ②①③　王老師要好喝的茶。
3. ①③②　我沒有很多好看的照片。
4. ②③①　我喜歡漂亮的房子。
5. ③④①②　他有很多好看的照片。

● 語法練習解答三

1. ②④①③　我們有很多好喝的咖啡。
2. ①④③②　我哥哥沒有漂亮的照片。
3. ④②①③　你有兄弟姐妹嗎？

● 語法練習解答四

這兩個人 ＿＿都＿＿ 不（喜歡） 喝茶。	這兩張照片 ＿＿都＿＿ ＿＿是＿＿ 我姐姐的（照片）。

1. 你們＿都是老師＿。
2. 我們＿都喜歡喝咖啡＿。
3. 你們＿都沒有兄弟姐妹＿。
4. 你們＿都不要照相＿。

● 語法練習解答五

＿一＿ 個 人	＿兩＿ 個 房子	＿三＿ 張 照片
我有 ＿四＿ 個 弟弟。（參考答案）	＿三＿ 個 很好看的日本小姐	＿五＿ 張 漂亮的照片

四、 課室活動練習說明及解答

1. 第一個活動：中文數字學習（筆畫練習）。
2. 第二個活動：會詢問他人的家庭成員。

    問問你的同學下面的問題，把你聽到的寫下來。

    (1) 兩人一組，讓學生互問，之後更換夥伴，再問一次，教師可視情況調整互問問題的時間和長度。因為是課堂活動，專注於聽和說，所以可以告訴學生不必寫出漢字，只要寫拼音即可。

    (2) 學生問完以後，可以抽問學生他們得到的答案。

3. 第三個活動：介紹家人，說說家人的喜好。同學介紹自己的家人，其他同學聽並記錄下來，填寫這個表格。

    (1) 請學生介紹自己的家人時只要說出表格中的六個信息即可，不必全說。

    (2) 學生都介紹完後，老師再詢問學生「某同學的家人有誰？」、「誰的家人喜歡照相？」等，可能會有超過一個學生的家人喜歡照相，這時就可以帶出「都」。

4. 第四個活動：能簡單描述人、事、物。

看下面的圖片，找一位同學討論這些問題，然後向全班報告你們討論的結果。兩兩一組互問，學生能說出「這張照片好看」或「這兩張照片都很好看」。

課室活動練習解答一、二、三

自由回答。

課室活動練習解答四

1. 自由回答。　　2.（他們是）李明華、白如玉。　　3. 張怡君（的書很多）。
4. 張怡君的爸爸（喜歡照相）。　　5. 馬安同（不喜歡看書）。
6. 李明華（有好喝的茶）。

五、 文化參考與補充

中國人的家庭觀念

中國人家庭觀念濃厚，父母常希望和子女住在一起，特別是兒子。在古代，兒子結婚以後，幾乎都會跟父母住在一起，父母的房產一般也都會留給兒子，而女兒結婚以後就是「別人家的人」，不會同住當然也沒有房產。隨著時代變遷及社會朝向男女平等發展，加上少子化現象，情況跟以前有很大的不同，子女都享有相同的義務與權利。現代已經少見三代同堂的大家庭，有些年輕人結婚後住在父母家附近，甚至是隔壁，主要是考量在生活上能夠互相照應。以前台灣年輕夫妻生了孩子以後，會把孩子交給自己的爸爸媽媽照顧，一來比交給保母照顧放心，二來也比較省錢，當然許多爺爺奶奶也很開心能「含飴弄孫」。然而，現在為了不讓年長的父母太累，多選擇找保母照顧或是將小孩送到幼兒園或托兒所。另外，台灣人晚婚或不婚現象越來越普遍，有許多三、四十歲的未婚子女在外地工作，無法跟父母同住或是住在附近，而形成許多單身租屋族，跟以前的父母子女住在一起的情況已經有很大的不同。

教師可以給 family tree，視學生情況補充家人稱謂。

● 中國家庭 Family tree

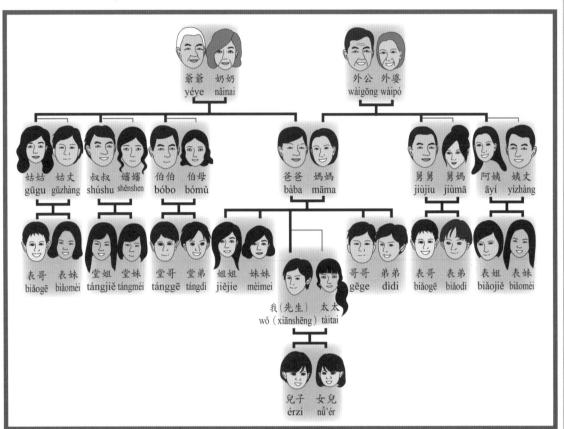

　　上面這張表，是中國人的家族稱謂，稱謂這麼多，說明中國人非常重視家族。在「我」上面的，就是「我」的長輩，像爺爺、爸爸、叔叔、阿姨等；跟「我」在同一條線上的，就是「我」的同輩，像堂哥、表妹等；在「我」下面的就是「我」的晚輩。對中國人來說，「輩分」很重要，所以對「長輩」絕對不可以直接稱呼姓名，那是非常不禮貌的行為。所以，中國人在稱呼長輩以前，一定要先弄清楚關係，才不會叫錯！除了不能直呼姓名外，與長輩交談時，也很少單用代名詞稱呼對方，比如說「奶奶您要去哪裡？」「王老師您要喝茶嗎？」，若只說「您要去哪裡？」還可以接受，但若是「你要去哪裡？」就太沒有禮貌了。

　　另外，從這張表，我們也可以看到中國「男尊女卑」的傳統，像「爸爸」這一邊的稱謂比「媽媽」那一邊的複雜，媽媽的爸爸我們叫「外」公，是「外面」的人。而以前的女人嫁了以後，要「冠夫姓」，比如說，李美美嫁給王大明以後，名字就變成「王李美美」，可是臺灣在1998年修改了這條法律，女人結婚後已經不必再「冠夫姓」了。

六、語音指導重點

拼音規則：

1. 介紹四個聲母（initials）：b-、m-、d-、n-
    六個韻母（finals）：-a、-o、-e、-i (yi)、-u (wu) / er

2. 以已學過之生詞為基礎（含前課），進行發音練習。但同前課所述，針對學生出現的語音偏誤仍應及時糾正，而非僅側重本課介紹的語音。

3. 「一」的變調。

4. 聲調練習：一聲、二聲及四聲的同音連讀。

練習內容：

1. 語音（介紹拼音符號）

	-a	-o（註）	-e	-i / yi	-u / wu	er
b-	爸爸	伯（母）			不	
m-	嗎、媽媽、馬（安同）		（什）麼		（伯）母	
d-			（是）的、的	（兄）弟		
n-	哪		呢	你、你（們）		
				一、（張)怡(君）	五、烏(龍茶）	二

註：發「-o」音時，其實輕帶 u 音，如「伯」，母語人士發為「b(u)o」才是自然的，此應提醒學生。第三課「週末」的「末」，第四課「微波」的「波」亦同。

　　漢語拼音原則：韻母 i 獨自發音（不含聲母）時，前面加上 y，成為 yi；u 則前置 w，成為 wu。

　　-e、er 是極易混淆的兩音，尤其是發二（èr）時，務必要求學生注意舌位，方能發出正確、漂亮的 er 音。

2. 「一」的變調

　(1) 本音為一聲：yī，如：田中誠「一」；表序號時亦發一聲，如：第一課。

　(2) 表數量（結合量詞）或在多音節詞中時，變調原則與「不」同。

一＋1、2、3聲 → 發四聲（標四聲）		一＋4聲、輕聲 → 發二聲（標二聲）	
丶 一	張	´ 一	個

　　本課「一」的變調搭配詞例並不多，先介紹原則（同「不」），再於適當時機（如第四課）補充並練習。

3. 聲調：同聲調連讀（不含三聲）

一聲＋一聲 → 先生、咖啡

二聲＋二聲 → 明華

四聲＋四聲 → 漂亮、照片、照相

先於生詞練習時注意學生前後兩音是否保持一致調值，再於整句練習中嚴格要求同聲調連讀不受前後音影響。如：

漂亮 → 很漂亮 → 很漂亮的房子

照片 → 這張照片 → 這張照片很好看

照相 → 喜歡照相 → 你喜歡照相嗎

七、漢字介紹

1. 基本結構：共十二種（請參閱課本），所舉之例除最後兩種外，皆為本冊生詞中出現的字。

2. 漢字書寫輔助九宮格

漢字工整、平衡、對稱、和諧的美感
九宮格是漢字的輔助道具

「九宮格」是 3 乘 3 的方格子，用紅色的線條把一個方塊間格分割出九個空間，用來練習漢字的結構。

漢字的結構，筆劃的差別很大。多的如「謝」；少的如「一」，而在九宮格裡，所佔有的空間感必須都是一樣，呈現平衡、對稱、和諧、充實、飽滿之感。
九宮格是基本結構佈局的練習，初學寫漢字可從寫九宮格開始，不知不覺培養出基本的美感。

、學生作業本參考解答

I. 聲調辨識

1. 看書 **kàn**shū	2. 漂亮 piào**liàng**	3. 伯母 bó**mǔ**	4. 家人 **jiā**rén	5. 您好 **nín** hǎo
6. 照片 **zhào**piàn	7. 房子 **fáng**zi	8. 老師 **lǎo**shī	9. 兩個 **liǎng** ge	10. 姐姐 **jiě**jie

II. 聽與答：聽聽看關於他們和他們家人的介紹、資訊

A. 他的家人喜歡做什麼？

圖一 a, c 圖二 d 圖三 e 圖四 b

B. 關於他

1. c 2. b 3. c 4. b

C. 聽完對話後，聽聽之後的描述，對的打○，不對的打 ×

1. × 2. ○ 3-1 × 3-2 × 4-1 ○ 4-2 ×

III. 對話配對練習

配合題

1. E 2. C 3. F 4. H 5. B 6. A 7. G 8. D

IV. 閱讀理解

王開文介紹他的家人

1. ○ 2. × 3. × 4. ○

V. 填空

A. 填入對的字

1. b 2. b 3. a 4. c 5. a

1. 王先生<u>的</u>老師很漂亮。

2. 我有很多好喝<u>的</u>茶。

3. 李伯母的家有六<u>個</u>人。

4. 陳小姐有五<u>張</u>照片。

5. 他有三<u>個</u>弟弟。

B. 安同聽到兩個人在說話，可是有些話沒聽清楚，你能幫助安同嗎？

1. h 2. j 3. b 4. i 5. a 6. c 7. d

A：這是你的<u>照片</u>嗎？

B：是的！

A：他們都很<u>好看</u>，他們是<u>誰</u>？

B：是我家人。我家人很喜歡<u>照相</u>。

A：你媽媽是<u>哪</u>國人？

B：我媽媽是美國人，爸爸是日本人。
　　你家呢？你家有<u>幾個</u>人？

A：我家有<u>兩</u>個人，爸爸、我。

VI. 重組

1. ②④③① 　　你的房子很漂亮。
2. ②①④③ 　　他家人都不要照相。
3. ①⑤③④② 　我們的老師都姓王。
4. ①⑤④②③ 　陳小姐有兩個哥哥。

VII. 寫漢字（配合聽、看再寫）

1. 他有兩個哥哥。
2. 這個房子很漂亮。
3. 這是不是你的書？
4. 我家沒有茶。
5. 你家人都不喜歡看書。

VIII. 完成對話

1. 不客氣。 2.（我）要／不要，（謝謝你）。 3. 謝謝。 4. 請問你叫什麼名字？
5. 你家有幾個人？　 6. 這是你姐姐嗎？

IX. 看圖說故事（自由題）

聽力測驗文本

II. 聽與答

A.

我是王開文，我媽媽、我都喜歡喝咖啡，
我爸爸喝烏龍茶。我哥哥喜歡照相。
我姐姐喜歡看書。

B.

1. 我們都是日本人。
　Q：他是哪國人？
2. 我有兩張我家人的照片。
　Q：他有幾張照片？
3. 我妹妹沒有很多照片，有很多書。
　Q：他妹妹沒有什麼？
4. 我媽媽是老師，我爸爸不是。
　Q：他爸爸、媽媽都是老師嗎？

C.

1. 男：你好，我叫王開文。
　女：你好，我是李怡君。
　Q：他們都姓李。

2. 男：陳小姐，這是妳的房子嗎？

　女：不是，是我哥哥的房子。

　Q：這不是陳小姐的房子。

3. 女：你喜歡看書嗎？

　男：不喜歡，我喜歡照相。

　女：我喜歡看書，不喜歡照相。

　Q：3-1 他們都喜歡看書。

　　　3-2 他們都不喜歡照相。

4. 男：李小姐，妳家有幾個人？

　女：我家有三個人，我爸爸、媽媽、我，你家呢？

　男：我家有四個人，我有一個妹妹。

　Q：4-1 李小姐的家有三個人。

　　　4-2 他們都沒有兄弟姐妹。

VII. 寫漢字（同寫漢字答案）

 、教學範本

教學步驟概述：以每週15堂課（每堂課50分鐘），每三天上完一課為教學範例。

課名	第二課　我的家人	
主題	家人 Family	
教學目標	讓學生學會用簡單的中文談論自己的家庭成員和他們的名字。 讓學生學會用簡單的中文描述人物、地方和物品所有。 讓學生學會用簡單的中文詢問和表達物品數量。	
教學資源	Family tree 表格／圖片	
時間分配	教學活動或教學步驟概述	
第一天 10分鐘	暖場活動： 複習與提問	（要求學生回家先預習對話一的生詞和內容） 預習指導： 　1. 聽對話一音檔，熟悉生詞和課文的正確發音。 　2. 知道生詞的意思和發音。 進行活動： 　1. 複習第一課的國籍、姓、名和喜好（喜歡），可以詢問方式或讓生生互問，問句可使用「嗎」、「Ａ不Ａ」、「呢」（注意糾音）。 　2. 複習第一課的發音（四聲、三聲變調、「不」變調）。聽老師念L1生詞然後標聲調。

第一天 第一小時	對話一 詞彙解說 與舉例 PPT 輔助教學	1. PPT 呈現 family tree 帶出「爸爸、媽媽、姐姐、妹妹」、「家人」。 2. 帶入本課的家人稱謂，詢問學生的爸爸和媽媽的國籍、姓、名和喜好，如：「你爸爸喜歡喝咖啡嗎？」、「你媽媽喜不喜歡喝茶？」先不必帶出「的」（複習 L1 與糾音）。也讓學生互問。 3. 用圖片帶出生詞「家、房子、照片、照相、漂亮」。
第二小時		1. 領讀對話一（先群誦、然後獨誦），糾音。 2. 兩兩練習對話一。 3. 兩兩站起來念對話一。 （可給學生沒有拼音的課文對話，讓學生學習看漢字）
第三小時	對話一 練習 PPT 輔助教學	1. 請學生兩兩上台表演對話一。 2. 複習對話一內容，教師問學生問題（指著照片）： 　這是誰的家？ 　怡君的家漂亮不漂亮？ 　他們喝什麼？ 　（延伸提問學生）→你喜歡喝茶嗎？ 　怡君的家有很多什麼？ 　（延伸提問學生）→你家有很多照片嗎？他家呢？ 　怡君的家人都喜歡照相。你呢？ 3. 複習拼音、練習發音。 ★作業 1. 聽課文音檔。 2. 練習寫對話一生詞和發音。 3. 念課文五次然後錄音。 4. 預習對話二。 5. 請學生帶家人的照片來。
第二天 第一小時	複習 與提問	1. 複習聲調與學過的拼音。 2. 問學生：你有沒有家人的照片？（請學生把家人的照片放在桌上）問：這是誰的照片？（練習「的」） 3. 這張照片漂亮嗎？／漂亮不漂亮？（練習「張」） 4. （指著學生的照片）某某學生的家人好看嗎？

第二小時	對話二 詞彙解說與舉例 PPT 輔助教學	1. 複習昨天所學的。 2. 以 family tree 帶出本課所有家人稱謂（爸爸、媽媽、哥哥、姐姐、弟弟、妹妹）。 3. 問學生「你家有幾個人」、「你有沒有兄弟姐妹」。 4. 進行課室活動一。
第三小時		1. 領讀對話二（群誦、獨誦）──糾音。 2. 兩兩練習對話二。 （給學生沒有拼音的課文對話，讓學生學習看漢字） 3. 兩兩站起來念對話二。 4. 問對話二內容問題。 ★作業 1. 聽課文音檔。 2. 念課文五次然後錄音。 3. 寫對話二生詞（漢字練習簿）。 4. 寫作業簿（教師視情況指定部分作業）。 5. 預習語法四、五。 6. 準備課室活動二：介紹自己的家人。
第三天 第一小時	語法練習	1. 本課漢字與拼音複習：可給學生一個個漢字，讓學生試著拼湊成一個句子。 2. 聽寫對話一、二生詞的發音及聲調（教師可視學生學習情況，看是否要加入寫漢字）。 3. 帶過語法一~五（直接問學生練習的答案）。
第二小時	活動與任務解說	1. 進行課室活動二：請學生報告自己的家人。 老師根據學生報告詢問相關問題。 2. 進行課室活動三。 3. 進行課室活動四。
第三小時	練習 評量	1. 檢討作業簿裡的作業。 2. 複習。 3. 考試：配合聽、說、讀、寫與任務等項目出題。

第三課
週末做什麼？

、**教學目標**

Topic：喜好 Hobbies

讓學生學會用簡單的中文說出他自己的或他人的愛好（例如運動或是電影）。

讓學生學會用簡單的中文表達兩個團體的共同點和愛好。

讓學生學會用簡單的中文禮貌詢問他人意見和給予簡單建議。

讓學生學會用簡單的中文詢問及回應選擇性問題。

、**教學重點**

一、暖身活動

1.問班上同學：你喜歡／不喜歡做什麼運動？你喜歡看電影嗎？你喜歡看臺灣電影嗎？

2.複習第二課，帶出：你的家人呢？他們喜歡什麼運動？你常跟家人一起去吃飯嗎？

二、詞彙解說

1.解釋運動所搭配的動作動詞。

音樂與耳朵有關，所以動詞是「聽」；網球、排球、籃球用手，所以動詞是「打」；足球用腳，所以動詞是「踢」，灌輸學生部首的概念。

2.「和」、「也」

注意學生常將「也」、「和」混用。「和」是 Conj，「也」是 Adv，學生常說：「我打棒球也游泳。」要多舉例說明兩者之不同。

3.「還是」

「還是」是 Conj，強調用在問句，不能說：「咖啡還是紅茶，我都喜歡。」

4.「都」

　　「美國電影、臺灣電影，我都想看。」，不能說：「我都想看美國電影、臺灣電影。」，「我們都想看電影。」不能說：「我都想看電影。」

三、 語法點重點提示及練習解答

1. Placement of Time Words

　(1) 時間詞可置於主詞之前或後，大部分置於主詞之後，但若置於前，則是強調時間。

　(2) 讓學生知道中文的時間單位是由大到小，如：「今天早上」不能說「早上今天」。

2. To Go Do Something with 去 qù：表示去的「目的」（去做什麼？）。

3. Topic sentences：

　　「話題」一定置於句首，其後的文句為說明此話題。「話題」如果是集合名詞或不只一個名詞時，後面要加「都」。

4. The Word Order of Adverbs 也 yě, 都 dōu and 常 cháng：「也」、「都」、「常」是副詞，置於動詞前。

　(1) 提醒學生這三個副詞同時出現時的先後順序：

　　也　也都／也常　也都常

　(2) 否定時的使用方式：也＋不／沒；不＋常；都＋不／沒（「不都…」則為部分否定，可用例句說明）。

5. Making Suggestions 吧 ba：「吧」為句尾助詞，有多個用法，在此課僅當「建議」。

● 語法練習解答一（參考答案）

1. S＋TW＋VP

　(1)　我哥哥週末要去打籃球。

　(2)　我們明天想去看電影。

　(3)　你週末晚上想吃越南菜還是臺灣菜？

　(4)　我們今天晚上去看電影還是去看書？

　(5)　李先生明天要去踢足球還是打籃球？

2. TW＋S＋VP

　(1)　週末你要做什麼？

　(2)　週末晚上我們去他家。

　(3)　晚上他想吃越南菜。

　(4)　明天晚上你要去看電影嗎？

　(5)　明天早上王小姐想去運動。

◉ 語法練習解答二

1. 明天早上我們一起去<u>踢足球</u>。
2. 今天晚上我不想<u>去</u> <u>游泳</u>。
3. 你週末常<u>去</u> <u>打籃球</u>嗎？
4. 我妹妹今天晚上要<u>去</u> <u>看電影</u>。
5. 我爸爸去打棒球，我哥哥<u>去</u> <u>打網球</u>。

◉ 語法練習解答三

1. 我常看美國電影。　　　→ <u>美國電影</u>，我常看。
2. 我覺得踢足球很好玩。　→ <u>踢足球</u>，我覺得很好玩。
3. A：你喜歡喝臺灣茶還是日本茶？
   B：<u>臺灣茶</u>、<u>日本茶</u>，我都不喝。
4. A：你喜歡越南菜還是臺灣菜？
   B：<u>越南菜和臺灣菜</u>，我都喜歡。
5. A：你有弟弟和妹妹嗎？
   B：<u>弟弟和妹妹</u>，我都<u>有</u>。（參考）
6. A：<u>網球</u>、<u>籃球</u>，你都喜歡嗎？
   B：<u>網球</u>，我喜歡；<u>籃球</u>，我<u>不喜歡</u>。（參考）

◉ 語法練習解答四

1. 陳先生喜歡喝茶，<u>也</u> 喜歡喝咖啡。
2. 我 <u>常</u> 喝咖啡，也<u>常</u> 喝茶。
3. 我不是日本人，他 <u>也</u> 不是日本人。
4. 我沒有哥哥，<u>也</u> 沒有姐姐。
5. 我家人也 <u>都</u> 喜歡打網球。
6. 我們 <u>都</u> 不常踢足球。
7. 我不 <u>常</u> 游泳。

◉ 語法練習解答五

1. A：我們明天晚上看什麼電影？
   B：我想學中文，我們<u>看臺灣電影吧</u>。
2. A：我們週末要做什麼？
   B：<u>我們週末一起去吃晚飯吧</u>。（參考）

四、 課室活動練習說明及解答

1. 第一個活動：請學生看圖回答問題。
2. 第二個活動：請學生參考上圖討論週末做什麼好。
3. 第三個活動：讓學生快速找出哪兩方面的共同點，順帶複習前兩課。主要目的是讓學生熟悉「也、都、常」的用法。可讓同學搶答表上這些人常常做什麼（說過的不能重複）。
4. 第四個活動：訓練學生回答選擇性的問題，同時藉以熟悉本課的詞彙，而且能根據回答做出全面性的統計。旨在訓練學生的合作學習。

● 課室活動練習解答一

1. 讓學生看圖上運動的情況，說明他早晚常做什麼？今天他做什麼運動？
   他早上常游泳，晚上常看電影，今天他打網球也去游泳。
2. 看同樣的圖回答問題。
   (1) 他常看電影。
   (2) 他常游泳。
   (3) 他今天打網球。

● 課室活動練習解答二 （參考答案）

A：明天是週末，我們做什麼？
B：我們去打棒球吧！
C：我不喜歡打棒球，我們去打網球吧！
A：我不喜歡打網球，我們去看電影，好不好？
B：好，我們一起去看電影！

● 課室活動練習解答三

1. 我和小王都常喝咖啡。
2. 你和他弟弟都不常打棒球。
3. 他和我妹妹都常打網球。
4. 你和你家人都很好看。
5. 你是美國人，開文也是美國人。

● 課室活動練習解答四

依調查結果回答。

五、 文化參考與補充

特別的休閒活動——釣蝦場釣蝦

釣蝦場文化是臺灣具特色的休閒活動，不僅是臺灣本土的熱門娛樂活動，甚至來臺的觀光客也去體驗釣蝦的樂趣，許多居住在臺灣的外國朋友，也喜歡上釣蝦活動。

釣蝦場是以人工方式放養蝦類，開放供人釣取的場所，計時收費。1980 年代左右從南臺灣開始流行，後來逐漸擴展到全臺各地。剛開始是戶外釣蝦場，但為了避免風吹日曬，轉型為室內的釣蝦場。舒適的環境，可在室內消磨時間，享受釣蝦的樂趣。釣起來的蝦，現烤現吃，店家也能代客烤蝦。蝦有多種吃法，烤蝦配上啤酒可說是臺灣本土釣蝦飲食文化，這種紓壓的慢活運動對釣客來說是另一種享受。

六、 語音指導重點

1. 介紹四個聲母：g-、h-、j-、x-
   四個韻母：-ü（yu）／ -ia（ya）、-ie（ye）、-üe（yue）
2. 運用前課介紹之韻母帶出新的聲符，再以生詞練習本課重點韻母。
3. 聲調練習：
   (1) 複習同音連讀
   (2) 三聲（前半上）＋二聲

練習內容：

1. 語音（介紹拼音符號）

	已學韻母		本課練習重點			
	-e	-i	-ü / yu	-ia / ya	-ie / ye	-üe / yue
g-	哥哥、個					
h-	喝					
j-		幾		家（人）	接、姐姐	覺（得）
x-		喜（歡）			謝謝	學
			（如）玉		也	（陳）月（美）、（音）樂、越（南）

漢語拼音原則：韻母 ü 前置聲母 j、q、x 時，略去其上代表變音符號（umlaut）的兩點（¨），如：「ü」前無聲母，則加上 y，成為 yu、yue。韻母 i 後結合 a、o、e 且前無聲母時，i 寫為 y，如：-ia、-ie → ya、ye。

ü 是不分國籍的發音難點，務必在學習初期嚴格要求準確度。另，「週末」的「末」（mò）應帶 u 音，發為 m（u）ò（雙唇音 b、p、m 及唇齒音 f，與 o 拼合時，會帶過渡音 u）。

2. 聲調

(1) 同聲調連讀

一聲＋一聲 → 今天

二聲＋二聲 → 籃球、足球

四聲＋四聲 → 運動

(2) 三聲（前半上）＋二聲

哪國、美國、網球、好玩

基礎單音節詞練習時雖強調三聲發全、發足，但在實際語言使用中，三聲的音長一般只發一半（在剛提高處便停），此即「半三聲」，或稱「前半上」。為求發音自然、順暢，「半三聲」的掌握相當重要，而三聲搭配二聲更是學生容易發生偏誤的發音難點，務求在初學階段嚴格改正「三聲＋二聲」的連讀音準。

七、 漢字介紹

利用部件教學漢字

1. 漢字結構分為整字、部件、筆畫三個層級

漢字教學主要包括字音、字形、字義三個方面，漢字結構分為整字、部件、筆畫三個層級。

2. 部件是漢字基本結構單位

部件是漢字基本結構單位，是書寫的最小單位，介於「筆畫」與「部首」之間，也就是筆畫 ≦ 部件 ≦ 部首，是識字、認字的核心。獨體字只有一個部件，合體字則有兩個以上部件。例如：

「好」字有「女、子」兩個部件。

好＝女＋子

「樂」字有「白、幺、木」三個部件。

樂＝白＋幺＋幺＋木

3. 最佳學習效果

透過部件來學習漢字，不但可化整為零，減少學習的障礙，也讓學習者明白構成一個漢字的每個部件，促進對漢字特徵的了解，加速對漢字的認識和掌握，更可以累進發展，加強學習的效果。

參、學生作業本參考解答

I. 聲調辨識

1. 週末 **zhōu**mò	2. 網球 **wǎng**qiú	3. 游泳 **yóuyǒng**	4. 喜歡 xǐ**huān**	5. 好玩 **hǎo**wán
6. 電影 **diàn**yǐng	7. 籃球 lán**qiú**	8. 晚飯 wǎn**fàn**	9. 一起 yì**qǐ**	10. 覺得 **jué**de

II. 聽與答：聽聽看他們做什麼？

A. 聽到他們喜歡做什麼後，在圖上面打 √

1. √左圖　　　2. √右圖　　　3. √左圖

B. 按照 1, 2, 3, 4 把聽到的順序寫下來

圖一 2　圖二 3　圖三 1　圖四 4

C. 聽到問題後請選出適當的答案

1. b　2. c　3. a　4. c　5. a

III. 對話配對練習

配合題

1. C　2. E　3. H　4. G　5. A　6. B　7. D　8. F

IV. 閱讀理解

A. 看完下面這篇短文後，請在表格中寫出他們喜歡做什麼。

1. 運動和照相　2. 聽音樂　3. 看書和打籃球　4. 游泳和打籃球　5. 看電影、打網球

V. 填空

根據對話內容，把 都／吧／也／也都／去 填入合適的地方

1. 也　2. 都　3. 吧　4. 也都　5. 去

1. A：你是日本人，他呢？

   B：他也是日本人。

2. A：你們喜歡打籃球嗎？

   B：我們都很喜歡打籃球。

3. A：明天我們去打棒球，好不好？

　　B：我們去打網球<u>吧</u>。

4. A：我喜歡吃臺灣菜和越南菜。

　　B：臺灣菜、越南菜，我<u>也</u>都喜歡吃。

5. A：週末你常做什麼？

　　B：我常<u>去</u>看電影。

VI. 重組

1. ②①⑤③④　　　　　他姐姐也很漂亮。

2. ⑤①④②③　　　　　我也常喝咖啡。

3. ①③②⑦⑥④⑤　　　我們也都很常打籃球。

4. ⑥①⑤④③②　　　　週末他們要去吃臺灣菜。／他們週末要去吃臺灣菜。
　　①⑥⑤④③②

5. ①④②③⑥⑤⑦　　　我明天晚上不想去游泳。／明天晚上我不想去游泳。
　　④②①③⑥⑤⑦

VII. 寫漢字（配合聽、看再寫）

1. 我常聽音樂也常運動。

2. 他不喜歡看電影。

3. 他們都想學中文。

4. 他常打棒球和游泳。

5. 晚上一起吃飯，好嗎？

VIII. 完成對話

1. 週末你想做什麼？　2. 我覺得踢足球很好玩。　3. 我想明天（or 今天）去看電影。

4. 你想吃越南菜還是日本菜？　5. 好啊！

IX. 寫作練習

A. 看圖完成下面的短文

　這是我的家人。週末我爸爸常<u>游泳</u>，媽媽喜歡<u>看電影</u>，姐姐喜歡打網球，妹妹<u>也</u>喜歡<u>打網球</u>，我常去<u>打籃球</u>，哥哥覺得<u>打棒球</u>很好玩。我家人都喜歡吃越南菜。

B. 寫一篇 50 個字短文，介紹你自己，也要說有空的時候你常做什麼？週末你常做什麼？（自由題）

聽力測驗文本

II. 聽與答

A.

　　1. 我很喜歡聽音樂。

　　2. 我妹妹喜歡打網球。

　　3. 我姐姐喜歡看臺灣電影。

B.

　　1. 我今天早上去游泳。

　　2. 我和家人吃晚飯。

　　3. 哥哥喜歡踢足球。

　　4. 弟弟常打籃球。

C.

　　1. 週末你常做什麼？

　　2. 我們一起去學中文，好不好？

　　3. 我要去打籃球，你呢？

　　4. 你覺得烏龍茶怎麼樣？

　　5. 我想喝茶。

VII. 寫漢字（同寫漢字答案）

肆、教學範本

1. 本課教學步驟概述：以每週上 10 堂課，每堂課 50 分鐘為教學範例，參見第一課。／每週上 15 堂課，參見第二課。

2. 教師依照當日教學進度，配合課本語法點的頁數與作業簿指定回家功課。

3. 文化的介紹會增加課堂的真實性及實用性等。

第四課
請問一共多少錢？

壹、教學目標

Topic：購物 Shopping
　　　　讓學生學會用簡單的中文詢問及說出價錢。
　　　　讓學生學會用簡單的中文詢問原因。
　　　　讓學生學會用簡單的中文在購物時形容物件的大小和功能。

貳、教學重點

一、暖身活動

老師帶教具（一杯熱咖啡或一杯熱茶）進教室引導進入本課主題。
問學生：你要買什麼？　　　　回答：咖啡 → 熱咖啡。
問學生：一杯咖啡多少錢？　　回答：一杯 _____ 塊錢。

二、詞彙解說

1. 練習十以上的數字，讓學生熟練到一看到數字，不必思考就能說出來的程度。
2. 「幾」和「多少」都是詢問數字的詞彙。「幾」為詢問數字小的時候使用，例如：你有幾個兄弟姐妹？「多少」則為詢問較大的數字時使用，例如：一支手機多少錢？

三、語法重點提示及練習解答

1. Measures 塊 kuài, 杯 bēi, 支 zhī and 種 zhǒng：名詞使用數字修飾時，需加上量詞。使用最普遍的量詞是「個」。
   限定詞（Det）與量詞間的數字為「一」時，可省略，如：這個、那杯、哪國。

2. Preposition 幫 bāng *on behalf of*：幫為 *Prep.*，用法是：幫＋人＋動作。

否定式的「不」應該放在幫的前面。例如：「她不幫我微波」，而非「她幫我不微波」。

3. 的 De-phrase with the Head Noun Omitted：「的」的用法，結構為：形容詞+的+（名詞），說明如下：

問學生：你喜歡新手機還是舊手機？ 回答：我喜歡新「的」。

不必說「我喜歡新的手機」，因為句子中的名詞「手機」已經提過了，所以省略，但是「的」不可省略。例如：他喜歡新的，我不要舊的。

4. 太 tài…了 le *overly*：「太＋ Vs ＋了」表示程度過頭，常用於不如意的事情，多為發話者的主觀想法，句末常常帶「了」。太貴了、太大了、太熱了……等都屬於不如意的事情。

5. 能 néng *capability*：「能」為助動詞，本課先學習表示能力的「能」。否定詞置於「能」之前，可用於「A-not-A」句型。

6. 多 duō ... *and more*：最後介紹「多」，「多」用在數字後面，表示不確定的零數。

當數詞在十以上的整數，「多」表示整位數以下的零數。

数＋多＋量＋名詞
二十 多 個 人
五百 多 個 包子

當數詞為個位數，「多」表示個位數以下的零數。

数＋量＋多（＋名詞）
兩 塊 多（錢）
三 杯 多（茶）

語法練習解答一

1. 一<u>杯</u>熱咖啡三十五塊錢。
2. 這兩<u>支</u>手機都能上網。
3. 那十<u>個</u>臺灣人喜歡喝烏龍茶。
4. 這<u>杯</u>茶很好喝。
5. 哪<u>個</u>包子好吃？

語法練習解答二

1. 包子不熱。請你<u>幫我微波</u>。
2. 我想喝咖啡。請你<u>幫我買</u>。
3. 我們想照相。請你<u>幫我們照相</u>。

語法練習解答三 (參考答案)

1. A：這杯茶熱，那杯不熱。你要哪一杯？
   B：我要<u>熱的</u>。
2. A：王先生要買新手機還是舊手機？
   B：他要買<u>新的</u>。
3. A：新手機能上網，舊的不能上網。你要哪種？
   B：我要<u>新的</u>。
4. A：大杯熱茶35塊錢，小的25塊錢，你要買哪一杯？
   B：我要<u>買小的</u>。
5. A：大的很貴，小的很便宜。你喜歡哪一個？
   B：我喜歡<u>小的</u>。

語法練習解答四 (參考答案)

1. A：你為什麼不買那種手機？　B：<u>太貴了</u>。
2. A：你喜歡吃大包子嗎？　B：不喜歡，<u>太大了</u>。
3. A：你為什麼要買新手機？　B：我的手機<u>太舊了</u>，不好看。
4. A：你們為什麼不賣小杯咖啡？　B：<u>太小了</u>，沒有人買。
5. A：你要喝熱咖啡嗎？　B：<u>太熱了</u>，我不要喝。

語法練習解答五

1. 哪種手機能照相？　<u>新／大的手機能照相。</u>
2. 他今天能不能踢足球？　<u>他今天不能踢足球。</u>
3. 烏龍茶能不能外帶？　<u>烏龍茶能外帶。</u>
4. 他能不能上網？　<u>他不能上網。</u>
5. 老闆能不能幫他微波包子？　<u>老闆能幫他微波包子。</u>

語法練習解答六

1. 你賣多少手機？　<u>一千兩百多支手機（1,200～1,300）</u>
2. 你吃幾個包子？　<u>一個多（1～2）</u>
3. 你有多少錢？　<u>五萬多塊錢（50,000～55,000）</u>
4. 他有幾塊錢？　<u>七塊多（7～8）</u>
5. 那支手機賣多少錢？　<u>兩萬一千多（21,000～22,000）</u>

四、 課室活動練習說明及解答

1. 第一個活動：針對課本的圖片，兩個同學為一組，以輪流互問的方式進行。

   A同學看圖並問B同學該物件的價錢？

   B同學按照課本所提供的數字回答。

   A同學把聽到的數字記錄下來，再和B同學核對數字。

2. 第二個活動：每個同學依據活動的指示介紹自己手機的大小和功能等。

3. 第三個活動：幫朋友買手機，跟同學討論要買哪一支手機。為什麼？

   需使用提供的句型。

4. 第四個活動：從11數到110（大數字練習，填數字）。

課室活動練習解答一

圖一 A：一杯咖啡多少錢？　　　　　　　B：一杯咖啡七十塊錢。

圖二 A：茶一杯三十五塊錢，兩杯茶一共多少錢？　B：兩杯一共七十塊錢。

圖三 A：一支手機多少錢？　　　　　　　B：一支一萬四千八百塊錢。

圖四 A：一個包子十二塊錢，五個一共多少錢？　B：五個包子一共六十塊錢。

課室活動練習解答二 （參考答案）

我的手機是新的，能照相也能上網，可是很貴，一支兩萬多塊錢。

我的手機是舊的，不能照相也不能上網，可是不貴，一千多塊錢。

課室活動練習解答三 （參考答案）

A：這三支手機，你喜歡大的、中的還是小的？

B：我喜歡大的。

A：你為什麼喜歡大的？

B：大的能照相也能上網。

　　可是大的太貴了，一支要一萬二，我很喜歡，可是我不要買。

或

A：這三支手機，你喜歡大的、中的還是小的？

B：我喜歡中的。

A：你為什麼喜歡中的？

B：中的能上網可是不能照相。

　　中的不貴，一支要八千塊錢，我很喜歡，我要買。

● 課室活動練習解答四

22 二十二 èrshí'èr	23 二十三 èrshísān	24 二十四 èrshísì		26 二十六 èrshíliù		28 二十八 èrshíbā	29 二十九 èrshíjiǔ
32 三十二 sānshí'èr	33 三十三 sānshísān		35 三十五 sānshíwǔ	36 三十六 sānshíliù	37 三十七 sānshíqī		39 三十九 sānshíjiǔ
		44 四十四 sìshísì	45 四十五 sìshíwǔ		47 四十七 sìshíqī	48 四十八 sìshíbā	49 四十九 sìshíjiǔ
52 五十二 wǔshí'èr	53 五十三 wǔshísān	54 五十四 wǔshísì	55 五十五 wǔshíwǔ	56 五十六 wǔshíliù	57 五十七 wǔshíqī	58 五十八 wǔshíbā	59 五十九 wǔshíjiǔ
62 六十二 liùshí'èr	63 六十三 liùshísān		65 六十五 liùshíwǔ		67 六十七 liùshíqī		69 六十九 liùshíjiǔ
72 七十二 qīshí'èr		74 七十四 qīshísì		76 七十六 qīshíliù		78 七十八 qīshíbā	79 七十九 qīshíjiǔ
	83 八十三 bāshísān		85 八十五 bāshíwǔ	86 八十六 bāshíliù		88 八十八 bāshíbā	89 八十九 bāshíjiǔ
92 九十二 jiǔshí'èr	93 九十三 jiǔshísān		95 九十五 jiǔshíwǔ		97 九十七 jiǔshíqī	98 九十八 jiǔshíbā	
	103 一百零三 yìbǎi líng sān	104 一百零四 yìbǎi líng sì	105 一百零五 yìbǎi líng wǔ	106 一百零六 yìbǎi líng liù	107 一百零七 yìbǎi líng qī	108 一百零八 yìbǎi líng bā	109 一百零九 yìbǎi líng jiǔ

五、 文化參考與補充

全年無休的便利商店

初來臺灣的外國學生，有的一句中文也不會說，但他們往往能在便利商店輕鬆地解決他們的三餐問題。回國後，他們也常常懷念臺灣的便利商店，還曾有學生希望可以把臺灣的便利商店打包回國呢！它在臺灣人生活上也扮演了極重要的角色，除了24小時全年無休，它所提供的服務，的確令人讚嘆！任何時間你餓了、渴了、嘴饞了想吃個零食；想買文具、生活用品、DVD、流行雜誌、報紙；想影印、傳真；想提款、繳費；想

寄郵件、寄包裹都可在這裡一次解決；或網購後取物、取書、取票；或過年過節想訂餐或訂蛋糕，也都能為你代勞，真是太方便了！

六、語音指導重點

1. 介紹兩個聲母：zh- (zhi)、sh- (shi)

　　　六個韻母：-ai、-ei、-ao、-ou ／-ui (wei)、-iao (yao)

2. 運用已學聲符帶出新的韻母，並進一步結合本課重點聲母，進行練習。

3. 介紹拼音標調原則（調號位置）。

4. 聲調練習：

　(1)「一」的變調（複習）。

　(2) 三聲變調（進階）。

練習內容：

1. 語音（介紹拼音符號）

		-ai	-ei	-ao	-ou	-iao/ yao	-ui/ wei
已學聲母	b-		杯	百 包（子）			
	m-	買、賣	美、沒、妹妹				
	d-	（外）帶			都		對（不起）
	n-		內（用）				
	g-						貴
	h-	還（是）		好（玩）			
	j-					叫	
	x-					小	
本課練習重點	zh-/ zhi	支		照（相）	週（末）		
	sh-/ shi	是、（老）師	誰	（多）少	手（機）		
						要	微（波）為（什麼）

漢語拼音原則：zh- 與 sh- 獨自成音時，後加 i。-iao 前無聲母時，i 寫為 y，成為 yao（參考第三課說明）。

韻母 u 後結合其他韻母且前無聲母時，u 寫為 w，如本課的 u+ei→wei；但若 u+ei 前有聲母，則略去中間的 e，成為 -ui；如：對→duì，貴→guì。惟實際發音時仍保留原 e 音，即 du(e)i、gu(e)i。如未提醒，學生直接看拼音符號會發成 u+i 的怪音。

2.標調原則（調號位置）

漢語拼音的調號一律標在母音上方，如：bà（爸）、mā（媽）、bó（伯）、mǔ（母）。其中，i 的調號直接標在其「點」上，如 yī（一）。而結合韻母的標調順位乃依以下原則：

a＞e、o＞i、u、ü

如：hái（還）、zhào（照）、měi（美）、dōu（都）、xiǎo（小）。不過，a/e、e/o 並不會同時出現。

當 i、u 同時出現時，則標在後者，如：duì（對）。至於標在 u 上的例子：niú（牛），會在第五課出現，屆時應再次提醒。

3.聲調練習

(1)「一」的變調（運用目前所學之生詞進一步練習）

一張（L2）、一杯、一支、一千／一起（L3）、一種、一百／一萬、一共

(2)三聲變調：進階──斷詞練習

a.先練短句（粗體字屬變調），如：

很喜歡→**我**很喜歡／**老闆**→李老闆

我想買…／你想買…

哪種→哪種**的**→哪種**手機**

b.再於整句練習時示範三聲變調與斷詞的關係：

你想買哪種的？

你想買哪種手機？

c.亦可加上「半三聲」及「一」的變調，逐步增加難度。例如：

打網球。

打網球很好玩。

那種手機一支一萬一千五百九十塊錢。

七、 漢字介紹

部首 Radicals

「部首」就是字義的類別，按照字的意思分類，將漢字做有系統的整理。例如「吃」與「喝」用嘴巴，屬於「口」部；「聽」，用的是耳朵，自然是「耳」部。認識部首，有助於漢字的認知與記憶，明白漢字本意；在不知某字發音時，也能藉由部首查考字典，學習新字。現行字典的通用部首一共有 214 個，下面以已學詞彙為例，列出常用的 35 個部首。

Chinese Radical	ㄅㄆㄇㄈ	Pinyin	English	Example
人 亻	ㄖㄣ	rén	person	來、你
力	ㄌㄧ	lì	strength	動
口	ㄎㄡ	kǒu	mouth	吃、喝
土	ㄊㄨ	tǔ	earth	坐、塊
夕	ㄒㄧ	xì	sunset	多、外
大	ㄉㄚ	dà	big	天、太
女	ㄋㄩ	nǔ	female	好、姐
子	ㄗ	zǐ	child	學
寸	ㄘㄨㄣ	cùn	inch	對
巾	ㄐㄧㄣ	jīn	napkin	常、幫
心 忄	ㄒㄧㄣ	xīn	heart	想、怡
戈	ㄍㄜ	gē	spear	我
戶	ㄏㄨ	hù	door	房
手 扌	ㄕㄡ	shǒu	hand	打、接
日	ㄖ	rì	sun	明、是
月	ㄩㄝ	yuè	moon	有
木	ㄇㄨ	mù	tree	李、杯
水 氵	ㄕㄨㄟ	shuǐ	water	波、游
火 灬	ㄏㄨㄛ	huǒ	fire	照、熱
玉 玊	ㄩ	yù	jade	玩、球
白	ㄅㄞ	bái	white	百、的
目	ㄇㄨ	mù	eye	相、看
竹 ⺮	ㄓㄨ	zhú	bamboo	籃
糸 糹	ㄇㄧ	mì	silk	網
耳	ㄦ	ěr	ear	聽
肉 ⺼	ㄖㄡ	ròu	meat	能
見	ㄐㄧㄢ	jiàn	see	覺
言	ㄧㄢ	yán	speech	請、謝
貝	ㄅㄟ	bèi	shell	買、貴
足 ⻊	ㄗㄨ	zú	foot	踢
走	ㄗㄡ	zǒu	walk	起、越
金	ㄐㄧㄣ	jīn	metal	錢
門	ㄇㄣ	mén	door	開、闖
雨	ㄩ	yǔ	rain	電
食 飠	ㄕ	shí	eat	飯

參、學生作業本參考解答

I. 聲調辨識

1.一杯 **yì** bēi	2.一共 **yígòng**	3.多少 **duōshǎo**	4.上網 shàng**wǎng**	5.外帶 **wài**dài
6.照相 **zhào**xiàng	7.兩塊 **liǎng** kuài	8.內用 **nèi**yòng	9.微波 **wéi**bō	10.二十塊 èr**shí** kuài

II. 聽與答

A. 聽完提示的話，看問題選出合適的答案。

1. a   2. b   3. b   4. a   5. a

B. 你要買多少？ 請在下面的表中幾個的地方填入合適的數字

我要買	包子（個）	烏龍茶（杯）	咖啡（杯）	一共多少錢
回答answer	40	2	14	1769

C. 聽完後看下面的話，對的打〇，不對的打 × 。

1. × 2. × 3. × 4. 〇

III. 對話配對練習

配合題

1. B   2. E   3. H   4. C   5. D   6. G   7. A   8. F

IV. 填空

把適合的詞填入空格內

A. 我和媽媽都很喜歡<u>d.吃</u>臺灣的包子。我喜歡<u>c.喝</u>熱咖啡，可是媽媽喜歡<u>c.喝</u>烏龍茶。
明天早上我想買十<u>e.個</u>包子，也要買一<u>b.杯</u>熱咖啡和一<u>b.杯</u>大的烏龍茶。都要外帶。

B.

1. 這種手機能<u>照相</u>，不能<u>上網</u>。

A：你覺得這支手機好不好？

B：我覺得這支手機<u>很便宜</u>。（參考）

2. 這種手機能<u>照相</u>，也能<u>上網</u>。

A：你覺得這支手機貴不貴？

B：我覺得這支手機<u>很貴</u>。（參考）

V. 重組

1. ②⑤④①③　　　　　　　　我這支手機太舊了。
2. ④③②⑤①／④③①⑤②　　這種手機能上網也能照相。／
　　　　　　　　　　　　　　這種手機能照相也能上網。
3. ③②④①　　　　　　　　　請幫我微波。
4. ①⑤③④②⑥　　　　　　　我想買一支新手機。
5. ①③⑥④⑤②　　　　　　　那支手機不能上網。

VI. 寫漢字（配合聽、看再寫）

1. 咖啡也請幫我微波。
2. 請問這兩個包子要外帶還是內用？
3. 一杯咖啡、三個包子，一共多少錢？
4. 我哥哥想買一支新手機。
5. 他那支手機太舊了。

VII. 完成對話

A. 根據回答問問題

1. 請問<u>你要什麼</u>？／請問<u>你要買什麼</u>？
2. 請問你要<u>內用</u>還是<u>外帶</u>？
3. 請問<u>一共多少錢</u>？
4. 請問<u>你的手機是哪種的</u>？
5. 請問<u>一個包子賣多少錢</u>？／請問<u>包子一個多少錢</u>？

B. 我想買籃球：請完成小王跟老闆的對話。

小王：我想買一個籃球，請問，一個多少錢？

老闆：<u>六百九十塊</u>。

小王：太貴了。

老闆：好，<u>五百五</u>。

VIII. 寫作練習

看圖寫一段短文：**我有八十塊錢可以買……**

三個小籠包和一杯咖啡（參考）

聽力測驗文本

II. 聽與答

A.

   1.女：我要一杯熱茶。

    男：妳要大杯的還是小杯的？

    女：小的。

    Q：小姐要大的還是小的？

   2.男：妳要內用還是外帶？

    女：外帶。

    男：好的。

    Q：小姐要外帶還是內用？

   3.男：那支手機五千塊錢，太貴了，我不買。

    Q：他喜歡哪種手機？

   4.男：這個包子不熱，請幫我微波。

    Q：他喜歡的包子是？

   5.男：爸爸的手機能照相，可是不能上網。

    Q：爸爸的手機是哪種的？

B.

我要四十個包子，十四杯熱咖啡，兩杯小的烏龍茶，一共一千七百六十九塊錢。

C.

安同很喜歡喝咖啡，他要買兩杯咖啡，一杯大的五十五塊錢，一杯小的三十塊錢，這兩杯都是熱的，一共八十五塊錢。

VI. 寫漢字（同寫漢字答案）

肆、其他教學資源

◎以 PPT 進行數字練習：準備本課所提到的物件圖片。

◎價錢的數字小的東西，可以取材自便利商店的日常食品或飲料；價錢的數目大的東西，可取材自當今流行的電子產品等。

伍、教學範本

1. 本課教學步驟概述：以每週上 10 堂課，每堂課 50 分鐘為教學範例，參見第一課。／每週上 15 堂課，參見第二課。

2. 教師依照當日教學進度，配合課本語法點的頁數與作業簿指定回家功課。

3. 文化的介紹會增加課堂的真實性及實用性等。

第五課

牛肉麵真好吃

壹、教學目標

Topic：飲食 Food and Drink

讓學生學會用簡單中文說出食物的名稱和味道。

讓學生學會用簡單中文說出對食物的喜好。

讓學生學會用簡單中文說出我會做／不會做的事和做得怎麼樣。

讓學生學會用簡單中文請求別人幫忙。

貳、教學重點

一、暖身活動

老師出示「包子」、「牛肉麵」、「小籠包」、「臭豆腐」等本課（或學過）的食物圖片（PPT 亦可），問學生：最想吃什麼？（帶出→好吃）

再由老師引導答案一樣的同學相約：什麼時候一起去。（課文：我們一起去吃。／我們明天去。）

（如有同學落單，便由老師約。）

二、詞彙解說

1. 小吃的意思。小吃店和餐廳有何不同，以圖片來呈現，就一目了然。

2. 牛肉麵和牛肉湯麵不同。除了價錢不同，還有裡面的料也不同。

吃牛肉麵時，老闆常問要大碗的？中碗的？還是小碗的？老闆也會問「加不加辣？」。

三、 語法重點提示及練習解答

1. 有一點 yǒu yìdiǎn *slightly*：「有一點＋Vs」用於貶意，但程度不高，只是稍微而已。例如：這張照片有一點舊。不說「那支手機有一點新」，也不說「她姐姐有一點漂亮」。

2. Complement marker 得 de：「得」為補語的功能，在補語後面修飾動詞。但動詞和補語的搭配有兩種形式：

   (1) 當動詞帶賓語時，需重複動詞再接補語。例如：我媽媽做飯做得很好。

   (2) 當賓語移前，則不需重複動詞。例如：飯，媽媽做得很好。

   (3) 否定只用於補語，例如：他做飯做得不好。

3. Acquired skills 會 huì：此課的「會」為助動詞，表示經學習而得到某技能。前可加否定詞「不」。

4. Destination marker 到 dào：「到」為抵達一個目的地所用的介詞，以下面的形式來呈現：主語+到（prep）+ destination + verb

   例如：我哥哥到臺北來。否定詞則放在介詞「到」的前面為。例如：我哥哥不到臺北來。

   「到」引介出目標，常與「來」、「去」搭配。

   跟「來」、「去」一樣，也可是主要動詞。「到＋destination＋來」，但在臺灣或華南地區的人常說「來 destination」。

語法練習解答一 （參考答案）

1. A：你覺得臭豆腐怎麼樣？	B：我覺得臭豆腐<u>有一點辣</u>。
2. A：你覺得那家餐廳的菜怎麼樣？	B：那家餐廳的菜<u>有一點貴</u>。
3. A：牛肉麵好吃嗎？	B：好吃，可是<u>有一點辣</u>。
4. A：那個包子怎麼樣？	B：好吃，可是我覺得<u>有一點小</u>。
5. A：他的手機是新的嗎？	B：不是新的，<u>有一點舊</u>。

語法練習解答二 （參考答案）

1. 你弟弟踢足球踢得怎麼樣？	他踢得<u>不好</u>。
2. 他姐姐做甜點，做得好吃不好吃？	做得<u>很好吃</u>。
3. 日本菜，你妹妹做得好不好？	我妹妹做得<u>不錯</u>。
4. 這個手機賣得怎麼樣？	賣得<u>不好</u>。
5. 他打網球打得好嗎？	打<u>得很不錯</u>。

語法練習解答三

1. A：他會不會做牛肉麵？　　　　　　B：<u>會</u>，他弟弟也<u>會</u>做。
2. A：你哥哥會不會打網球？　　　　　B：<u>不會</u>，你可以教他嗎？
3. A：我們都會打棒球，你呢？　　　　B：我<u>不會</u>，可是我很想學。
4. A：我會踢足球，你呢？　　　　　　B：我<u>不會</u>，你可以教我嗎？
5. A：小籠包和包子，我都會做，你呢？　B：我也<u>會</u>。

語法練習解答四

1. ②③①④　　　　　　　　　陳小姐到臺北來。
2. ④①③②　　　　　　　　　李先生不到臺灣來。
3. ③②①④⑤／②③①④⑤　老師週末到不到臺北來？／週末老師到不到臺北來？
4. 那兩個日本人<u>到</u>臺灣<u>來</u>。
5. 李先生要去打球，他不<u>到</u>我家<u>來</u>。

四、 課室活動練習說明及解答

1. 第一個活動：讓學生搶答他們知道的臺灣小吃，請他們帶知道的小吃圖片來教室，介紹給同學。
2. 第二個活動：選兩個同學互問對價錢和食物味道的想法。
3. 第三個活動：兩個同學一組進行對話，以輪流互問的方式進行。
   A 同學問 B 同學：「會…嗎？」
   (1) 當 B 同學回答「肯定」時，A 同學再問：「你 V＋得怎麼樣？」
      請 B 同學回答。此時 A 同學再把 B 同學所說的話寫下來。
   (2) 當 B 同學回答「否定」時，B 同學再問：「你可以教我嗎？」
      請 A 同學回答。此時 B 同學再把 A 同學所說的話寫下來。
4. 第四個活動：完成第三個活動的調查後，問同學可以不可以教你？

課室活動練習解答一

臭豆腐四十塊錢
小籠包八十塊錢
牛肉麵一百二十塊錢

● 課室活動練習解答二 （參考答案）

1.（我覺得）有一點貴。 2.很便宜。 3.太便宜了。
4.太貴了。 5.太辣了。

● 課室活動練習解答三 （參考答案）

問題	回答	問題	回答
1. 你會做飯嗎？ 或 你會不會做飯？	□會	你做得怎麼樣？	我會做飯，做得很好。 我會做飯，可是做得不好。
	□不會		我不會做飯。
2. 你會做甜點嗎？	□會	你做得怎麼樣？	我會做甜點，做得很好。 我會做甜點，可是做得不好。
	□不會		我不會做甜點。
3. 你會游泳嗎？	□會	你游得怎麼樣？	我會游泳，游得很好。 我會游泳，可是游得不好。
	□不會		我不會游泳。
4. 你會照相嗎？	□會	你照得怎麼樣？	我會照相，照得很好。 我會照相，可是照得不好。
	□不會		我不會照相。
5. 你會打籃球嗎？	□會	你打得怎麼樣？	我會打籃球，打得很好。 我會打籃球，可是打得不好。
	□不會		我不會打籃球。
6. 你會踢足球嗎？	□會	你踢得怎麼樣？	我會踢足球，踢得很好。 我會踢足球，可是踢得不好。
	□不會		我不會踢足球。

● 課室活動練習解答四 （參考答案）

A：我想學…你可以教我嗎？
B：好的。
A：我想學中文，你可以教我嗎？
B：好的。
A：我不會做蛋糕，我想學，你可以教我嗎？
B：好的。

五、文化參考與補充

路邊攤排隊

　　路邊那個小攤子前面，又有人大排長龍。原來是攤販每天在固定的時間把攤子推出來做生意。只要賣的小吃便宜、新鮮又好吃，前面就會大排長龍。無論晴天曬太陽、雨天撐傘，等再久，大家還是願意排隊。輪到你的時候，花小小的錢，熱騰騰、香噴噴、令人垂涎的小吃，例如：水煎包、蔥油餅、車輪餅、煎餃……等，就能挑動你的味蕾，滿足你的口腹之慾，難怪街頭巷尾常看得到大排長龍的街景。

臺灣的攤販

　　攤販是臺灣一種很普遍的現象，是臺灣農業社會「市集」、「廟會」延續而產生的。從南到北隨處可見攤販的身影，如：風景區、住宅區、市場外圍、商業區附近、騎樓走廊、馬路邊、考場周邊或廟會時，所販賣的生活小品或具特色的美味食物不勝枚舉，但是大部分攤販屬流動性質，難免會影響交通、破壞居住安寧或導致市容不佳。若能整體規劃，必能使小攤販成為城市中的繁花，每個都是驚喜。

六、語音指導重點

　　1. 介紹四個聲母：f-、l-、z- (zi)、s- (si)
　　　　四個韻母：-an、-en／-uo (wo)、-iu (you)
　　2. 先利用已學韻母帶出聲符，已學聲母帶出韻母，練習新語音并兼收複習之效；最後以生詞呈現本課重點的聲韻符組合，強化訓練。
　　3. 聲調練習：一聲搭配一～四聲的組合練習
　　練習內容：
　　1. 語音（介紹拼音符號）

	已學韻母					
	-a	-e	-u	-ai	-ao	-ui
f-			（臭豆）腐			
l-	辣	了		來	老（師）、老（闆）	
z-/zi	（房)子 自(己)		足（球）		早	最
s-/si	四					

		-an	-en	-uo/wo	-iu/you
已學聲母	b-	（老）闆	（日）本		
	m-		（我）們		
	d-			多（少）	
	n-	（越）南			牛
	g-			國	
	h-	和	很		
	j-				九、舊
	zh-		真		
	sh-		什（麼）	說	
本課練習重點	f-	（做）飯			
	l-	籃（球）			六
	z-		怎（麼）	坐、做（飯）、昨（天）	
	s-	三		所（以）	
				我	有（名）、游（泳）、有（一點）

　　漢語拼音原則：同 zh-/zhi、sh-/shi，z-、s- 獨自成音時，其後加上 i → zi、si。練習 z-、s- 兩音時，建議可與前一課之 zh-、sh- 對照，以強化舌位的發音訓練，如：知（道）／自（己）、照（相）／早（上）；是／四、說／所。

　　韻母 u 後結合其他韻母且前無聲母時，u 寫為 w，如前課的 u＋ei→微 wei。介紹 -uo 時應與前課之 -ou 一併進行辨音練習，尤其是都、多兩音。

　　韻母 i＋ou 而前無聲母時，i 寫為 y，即 you（參前說明）。當 i＋ou 且前有聲母時，則略去 o，拼成 -iu；故 牛 → niú，六 → liù（此時可提醒並複習調號的位置）。但實際發音時仍保留原 o 音，即 ni(o)ú、li(o)ù，練習時應避免學生直拼成 i＋u 的偏誤語音。

　　2. 聲調：一聲搭配一～四聲的組合練習。

　　　一聲＋一聲 → 先生、咖啡、今天、中杯、餐廳

　　　一聲＋二聲 → 歡迎、開文、喝茶、家人、安同、中文

　　　一聲＋三聲 → 多少

　　　一聲＋四聲 → 兄弟、音樂、週末、知道

　　　一聲＋輕聲 → 媽媽、哥哥、包子

七、漢字介紹

最早的漢字

　　漢字的起源大約有三種說法：

　　1. 倉頡造字。

　　2. 源於八卦和結繩。

　　3. 源於圖畫，此是今日學者較為一致的看法。

　　文字並不是一人一時一地之作，而是逐漸累積而成的，很多學者認為中國的文字始於圖畫或繪畫，再由畫慢慢轉變為符號與文字。

　　中國文字演變的過程，從殷商時期的甲骨文，西周時期的金文、大篆，到秦朝統一六國後採行的小篆，一般將之歸於「古文字」。及至漢朝，把小篆勻圓對稱的外觀，改為平正齊整的筆畫，書寫起來更方便、迅速，此即「隸書」；從隸書直接演變而來的，就是現在我們所使用的「楷書」了。

　　可以說，現行的規範標準文字在漢朝就已確立形體。

 、學生作業本參考解答

I. 聲調辨識

1. 小吃 xiǎochī	2. 好喝 hǎohē	3. 有名 yǒumíng	4. 大碗 dàwǎn	5. 餐廳 cāntīng
6. 自己 zìjǐ	7. 做飯 zuòfàn	8. 甜點 tiándiǎn	9. 教 jiāo	10. 不錯 búcuò

II. **聽與答：他們喜歡吃什麼？**

A. 聽完提示的話，看問題選出合適的答案

　　1. a　　2. b　　3. a　　4. a　　5. a

B. 我要吃一碗牛肉麵　聽完後請在答案的地方填入 1, 2, 3, 4, 5, 6…。

問題	我吃大碗還是小碗牛肉麵？	我的牛肉麵多少錢？	茶和牛肉麵一共多少錢？	兩杯茶多少錢？
答案	1. 小碗	3. 一百二十塊錢	3. 一百二十塊錢	5. 不要錢

C. 聽完後看下面的話，對的打 ○，不對的打 ×。

　　1. ×　　2. ×　　3. ○　　4. ×

III. **對話配對練習**

配合題

　　1. H　　2. C　　3. F　　4. G　　5. D　　6. A　　7. B　　8. E

IV. **看圖填充：使用「來」或「去」回答「他到哪裡來／去？」**

　　李先生到美國<u>去</u>。

　　王小姐到臺北101<u>去</u>。

　　陳老師到我家<u>來</u>。

　　我到那家餐廳<u>去</u>。

V. **你知道怎麼做嗎？「√」表示會，「×」表示不會。**

我會／不會＋V＋O	你＋V＋得怎麼樣？
我會做飯。	我做得很好。
我會游泳。	我游得很好。
我不會做牛肉麵。	（我做得不好。）
我不會做甜點。	（我做得不好。）

VI. **重組**

1. ①④⑤②③　　　　　　　　　　他想到我家來。
2. ③④②⑤①　　　　　　　　　　那家店的小吃有一點貴。
3. ③⑤②①④　　　　　　　　　　我喜歡自己做牛肉麵。
4. ④③⑤②⑥①　　　　　　　　　聽說臺灣有很多有名的小吃。
5. ④①②③⑤／②⑤④③①　　　　湯好喝牛肉也好吃。／牛肉好吃湯也好喝。

VII. 寫漢字（配合聽、看再寫）

1. 我們都知道那家有名的牛肉麵店。
2. 你們明天一定要點大碗的。
3. 很多人都說臺灣有不少有名的小吃。
4. 昨天晚上那家餐廳的菜有一點辣。
5. 我很喜歡自己做飯。

VIII. 完成對話

1. 你覺得牛肉麵好不好吃？
2. 請問你要點大碗的還是小碗的？
3. 我媽媽做得很好。
4. 甜點，我做得不好。或 我的甜點做得不好。
5. 請問你會做牛肉麵嗎？

IX. 200 塊錢能吃什麼？

（其他選擇也行，兩個人吃和喝一共 200 塊）

　　吃：兩碗小的牛肉麵
　　喝：兩杯茶

X. 寫作練習

　　我週末和哥哥去士林，士林有很多小吃。（自由題）

聽力測驗文本

II. 聽與答

A.

1. 女：我去他的店吃小碗的牛肉麵。
　　Q：這個小姐吃大碗的還是小碗的牛肉麵？
2. 男：我覺得臭豆腐有一點辣，牛肉麵太辣了。
　　Q：這個先生覺得臭豆腐怎麼樣？
3. 女：那碗牛肉麵，牛肉好吃，可是湯不好喝。
　　Q：這個小姐覺得牛肉好吃不好吃？
4. 男：那家餐廳很有名，菜也很好吃。
　　Q：這個先生覺得那家餐廳怎麼樣？
5. 女：我爸爸甜點做得不錯。
　　Q：這個小姐說她爸爸甜點做得怎麼樣？

B.

> 昨天我去一家餐廳吃牛肉麵，那家餐廳的牛肉麵，大碗的要一百五，小碗的要一百二。我吃小碗的，很辣，很好吃，我也喝兩杯熱茶，那家餐廳的熱茶不要錢。我覺得那家餐廳真好，牛肉好吃，湯好喝，茶也很好喝。

C.

> 安同和月美都喜歡運動也喜歡聽音樂。他們都不會做飯，我也不會做飯。可是，我很會做甜點。甜點我做得很好吃，我也常常做甜點。臺灣有很多有名的小吃，可是我不會做小吃。安同和月美週末晚上常常來我家聽美國音樂、喝烏龍茶、吃甜點。

VII. 寫漢字（同寫漢字答案）

肆、其他教學資源

◎以 PPT 及圖片介紹臺灣的小吃。

伍、教學範本

1. 本課教學步驟概述：以每週上 10 堂課，每堂課 50 分鐘為教學範例，參見第一課。／每週上 15 堂課，參見第二課。
2. 教師依照當日教學進度，配合課本語法點的頁數與作業簿指定回家功課。
3. 文化點的介紹，小吃攤前大排長龍，可以吃到便宜又美味的小吃，肯定會增加學習目標的真實性及實用性。

第六課
他們學校在山上

壹、教學目標

Topic：地點、方位 Locations and Positions
讓學生學會用簡單的中文詢問以及說明地點、方位。
讓學生學會用簡單的中文描述自己生活周遭的環境。
讓學生學會用簡單的中文表達對某地方的看法。

貳、教學重點

一、暖身活動

1. 複習前五課學過的地點／地方詞：臺灣、日本、美國、家（可用第二課出現的「怡君的家」）、牛肉麵店、餐廳。配合第一課的「來」、第三課的「去」、第五課的「到…來」，說出句子。
2. 進入本課對話一前的暖身：可以標示各縣市的臺灣地圖，簡單介紹學生所在的縣市以及本課會提到的「花蓮」的風景。

二、詞彙解說

1. 「山上」、「樓下」雖說是地點加上方位，但是已經接近詞彙化，所以說明時，建議不要強調是省略形式，以免學生混淆。
2. 「附近」是名詞，「近」是形容詞，兩者易被學生視為「近義詞」而混淆，因此學生會偶爾誤用說出「我家很附近」的句子。
3. 「上面、下面」等方位詞也能說「上邊、下邊」等，顧慮到學生的程度，本課未提及，教師可視情況補充，但小心學生將「旁邊」說成「旁面」的偏誤。

三、 語法重點提示及練習解答

1. Locative Marker 在 zài：地點加方位詞這樣的語序，與許多語言的語序不同，是學習難點之一，注意讓學生分辨「前面的咖啡店」和「咖啡店的前面」的不同。多利用圖片來讓學生了解其區別。

2. Existential Sentence with 有 yǒu：表示存在，此課用來表示某處所「存在」某人或某物。表領屬的「有」（如：我有兩張照片）通常為及物動詞，而表存在的「有」則屬不及物動詞。

3. Softened action　V（一）V：ＶＶ動詞重疊，結構簡單，但要注意引導學生其正確的使用情境。「ＶＶ」這個重疊結構具有和緩或軟化行動的功能。在功能說明中，描述動詞重疊有「減量」的涵意，因此也有動作容易達成的涵意。當我們要請求或下指令時，動詞重疊緩和了說話者的口氣，讓聽話者覺得這個請求或命令較容易達成。

4. 不是 búshì *Negation*：非一般的否定，主要使用於否定前述的說明。

5. Location of an Activity：提醒學生注意語序。

「在」和「到」＋處所詞語＋在此處從事的活動。

否定不在動詞之前而在「在」和「到」之前。

● 語法練習解答一

練習 1.
1. 咖啡店（的）裡面
2. 大樓（的）前面
3. 游泳池（的）附近
4. 圖書館（的）旁邊

練習 2.
1. 他在美國。
2. 他在圖書館裡面。
3. 他在餐廳外面。/他在牛肉麵店外面。

練習 3.
1. 前面的大樓很美。
2. 我在大樓的前面。
3. 後面的（那家）餐廳很便宜。
4. 他在那家餐廳後面。

練習 4.
1. 他在陽明山山上的（那家）咖啡店。

2.他在他家附近的（那個）圖書館。

3.他姐姐在學校後面的（那棟）大樓裡（面）。

4.我和我朋友在學校餐廳樓上的（那家）咖啡店。

語法練習解答二

1.③①②	山上有很多漂亮的房子。
2.①④②③	樓下有咖啡店嗎？
3.③①②④	他們學校裡面沒有游泳池。
4.②①③⑤④	教室的外面有兩個美國人。

語法練習解答三

(1)

1. 做飯 →做做飯	2. 喝茶 →喝喝茶
3. 吃甜點 →吃吃甜點	4. 打網球 →打打網球
5. 踢足球 →踢踢足球	6. 游泳 →游游泳
7. 看電影 →看看電影	8. 照相 →照照相

(2)看、吃、喝、想、做、打、找、買、教、幫

1.那個電影很好看，我想去 <u>看看</u> 。

2.我不會做飯，請你 <u>幫幫我／教教我</u> 。

3.我想學照相，能不能請你 <u>教教我</u> 。

4.週末我喜歡到外面 <u>吃吃飯／喝喝咖啡</u> 。

5.A：那支手機很貴，你要買嗎？

　B： <u>我想想</u> 。

語法練習解答四

1.A：你朋友的家在三樓，對嗎？

　B：<u>他家不是在三樓</u>，他家在四樓。

2.A：你們覺得這家店的甜點好吃嗎？

　B：我妹妹覺得很好吃，可是我覺得<u>不是很好吃</u>。

3.A：很多人都說你做飯做得很好。

　B：我做得<u>不是很好</u>，我媽媽做得很好。

4. A：你的照片不多，你不喜歡照相嗎？

　　B：<u>我不是不喜歡照相</u>，我不常照相，所以我的照片不多。

5. A：你晚上不想去他家聽音樂嗎？

　　B：<u>我不是不想去他家聽音樂</u>，我晚上要和老闆吃飯。

●語法練習解答五

1. 姐姐在家裡做飯。

2. 他們到餐廳吃飯。（他們到牛肉麵店吃麵。）

3. 他們在二樓學中文。

4. 他們在學校裡面照相。

四、課室活動練習說明及解答

1. 第一個活動，可讓學生靜態在紙上操作，也可視學生的情況，嘗試動態的操作，讓學生在教室裡，甚至是戶外，玩捉迷藏。

2. 第二個活動，讓學生兩兩互問，並以拼音簡單記錄所聽到的，五分鐘後再換組詢問另一個同學，同樣要做記錄。然後為檢測學生的聽力與口語能力，一定要（抽樣）讓學生報告一下他們聽到的。

3. 第三個活動可在實施前先讓學生回去準備，隔天再來報告。報告時為了檢測學生是否專心聽，可於學生報告後，詢問其他同學相關問題。本活動最佳的實施情況是，學生先寫草稿，然後老師修改，學生背下來，最後在課堂上發表。這樣的報告要注意，盡量告訴學生只使用學過的生詞，除非不得已，不要用沒學過的，以免其他學生聽不懂。

●課室活動練習解答一

怡君在學校（的）教室裡（面）。

如玉在學校（的）圖書館裡（面）。

安同在商店前面（的）游泳池旁邊。

月美在學校（的）學生宿舍附近。

明華在學校（的）餐廳裡（面）。

田中在學校（的）餐廳裡（面）。

●課室活動練習解答二

自由回答。

●課室活動練習解答三

自由回答。

五、文化參考與補充

四的禁忌、幸運數字（六和八）

臺灣人為什麼不喜歡「四」？又為什麼特別喜歡「六」和「八」？這跟「諧音」文化有關係，意思就是，「四」跟「死」的發音很像，所以很多中國人不喜歡。有的醫院沒有「四」樓，有的人買房子時，不喜歡買地址裡有「四」這個數字的，所以如果一個房子的地址是「中山路四段四號四樓」，那棟房子可能會比附近的房子來得便宜。「六」的發音則跟以前古代做官拿的薪水「祿」發音很像，而「八」跟「發」（發財的發）很像。

臺灣少子化對私立學校的影響

私立學校較公立學校經營不易，這問題在臺灣「少子化」現象加劇後又更加凸顯。因為現代人越來越不喜歡生孩子，孩子越來越少，根據內政部統計，2000 年有 30.5 萬個嬰兒出生，到了 2010 年只有 16.7 萬個嬰兒出生，2012 年稍微回升到 22.9 萬人。出生人數減少，學生人數當然也就越來越少，許多科系、學校已經面臨關閉或併校的情況，而這些幾乎都發生在私立學校。

六、語音指導重點

1. 介紹四個聲母（皆送氣）：p-、t-、k-、q-
　　四個韻母：-ang、-eng ／ -ian（yan）、-ua（wa）
2. 聲調練習：二聲搭配一～四聲的組合練習。

練習內容：
1. 語音（介紹拼音符號）

	已學韻母							
	-a	-e	-i	-u	-ü	-iu	-ai	-an	-iao
p-									漂（亮）
t-	他		踢	圖（書館）			太、臺（灣）		
k-	咖（啡）	客（氣）、可（是）、（上）課						看（書）	
q-		七、（客）氣、（一）起		去		（足／籃）球			

		-ang	-eng	-ua / wa	-ian / yan
已學聲母	b-	棒（球）、幫			（方）便
	m-				麵、（裡）面
	d-				（商）店
	n-		能		
	h-			花（蓮）	
	x-				現（在）
	f-	（地）方、方（便）	風（景）		
	l-				（花）蓮
	sh-	商（店）、（山）上	（學）生		
本課練習重點	p-	旁（邊）	朋（友）		便（宜）
	t-	湯			（今／明／昨）天 甜（點）
	k-				
	q-				千、錢、前（面）

本課介紹四個送氣音後，便可進行與不送氣聲母（b-、d-、g-、j-）之對比練習：

(1) b- ／ p-：幫、棒／旁；（方）便／便（宜）

(2) d- ／ t-：點、店／天、甜；地／踢；（外）帶／太（客氣）

(3) g- ／ k-：哥／可

(4) j- ／ q-：幾／起

在韻母部分，可加強 -i ／-ü 的分辨，如：氣／去；特別是課文中出現含「一起去」的句子，更應注意學生的發音是否正確。此外，-an ／-ang、-en／-eng 也是練習重點，如：-an／-ang → 山／上；（吃）飯／（地）方。另，-en ／-eng 這組韻母在已學生詞中並無恰當的組合練習例子，因此建議以「聽力」方式進行：由教師發音，請學生判斷其為 -en 或 -eng（之前所介紹的語音練習重點，皆可設計聽力練習活動）。

2. 聲調：二聲搭配一～四聲的組合練習。
   二聲＋一聲 → 臺灣、明天、微波、昨天、學生、旁邊
   二聲＋二聲 → 明華、籃球、足球、便宜
   二聲＋三聲 → 伯母、沒有、游泳、甜點、朋友
   二聲＋四聲 → 還是、牛肉、一定、不錯、學校、前面、樓下
   二聲＋輕聲 → 什麼、房子、名字、覺得

七、漢字介紹

簡介六書

中國文字的構造方法有六種，叫做「六書」。

造字方法

1. 象形：照著物體的形象，用筆畫表示出來。
   例如：日、月、山、川、水、火、牛、羊、子。
2. 指事：用記號表示抽象的事情。
   例如：上、中、下、天、本、末、刃。
3. 會意：合併兩個或兩個以上的字，表示一個新的意思。
   例如：明（日、月），伐（人、戈），囚（口、人），信（人、言），休（人、木），看（手、目）。
4. 形聲：由「形符」和「聲符（讀音）」兩部分結合而成。
   例如：晴（青：聲符，日：形符），晴天有太陽，「青」有美好的意思；清（青：聲符，水：形符），水很清。

運用方法

5. 轉注：因時間地點不同，而造出形體不同的字，但意思相同或相近，可以互相注解。
   例如：考、老都是年紀大的意思，因此可以用「考，老也。」「老，考也」互相注釋。
6. 假借：本來沒有為這個事物造字，就借用與這個事物同音或聲音相近的字來用。例如：「西」本意是鳥在樹上休息，借用為東西南北的西。

、學生作業本參考解答

I. 聲調辨識

1. 學校 xuéxiào	2. 真遠 zhēn yuǎn	3. 附近 fùjìn	4. 東西 dōngxi	5. 宿舍 sùshè
6. 山上 shānshàng	7. 地方 dìfāng	8. 大樓 dàlóu	9. 朋友 péngyǒu	10. 裡面 lǐmiàn

II. 選出對的發音
　1. a　2. b　3. a　4. b　5. b　6. a　7. b　8. a　9. a　10. b

III. 聽與答：聽聽這些人的位置在哪裡？
A. 聽聽看，然後在正確的圖上面打✓
　1. 左圖　2. 左圖　3. 左圖

B. 聽聽看，他們在哪裡？
　a. 5　b. 1　c. 3　d. 4　e. 2

C. 聽對話，下面句子對的打○，不對的打 ×
　1. ○　2. ○　3. ○

IV. 對話配對練習
配合題
　1. G　2. F　3. C　4. H　5. B　6. D　7. E　8. A

V. 閱讀理解
　1. 圖書館
　2. 學生宿舍
　3. 商店
　4. 商店
　5. 教室
　6. 咖啡店
　7. 游泳池
　8. 餐廳

VI. 填充

A. 填入對的字

1. c　2. a　3. b　4. a　5. d

1. 他不<u>在</u>宿舍裡。
2. 我的旁邊<u>有</u>很多人。
3. 前面的那個人<u>是</u>我朋友。
4. 學校後面<u>有</u>很多商店。
5. 我們很喜歡<u>來</u>這家餐廳吃牛肉麵。

B. 看圖描述方位和景物

1. 她家<u>前面</u>有海。
2. 她家<u>旁邊</u>有一家咖啡店。
3. 她家<u>後面</u>有游泳池。
4. 她家<u>附近</u>有學校。

VII. 重組

1. 教室外面有兩個學生。
2. 你哥哥在樓下做什麼？
3. 陳老師在前面的那家餐廳吃飯。
4. 老師家附近有山也有海。
5. 今天早上他朋友來學校旁邊的商店買東西。／
　　他朋友今天早上來學校旁邊的商店買東西。

VIII. 寫漢字（配合聽、看再寫）

1. 你們學校在哪裡？
2. 山上的風景很美。
3. 他朋友在教室裡上課。
4. 我想去商店看看。
5. 那個地方很遠，不太方便。

IX. 完成對話

1. 我覺得不錯。／他們的菜 很／不 好吃。
2. 是的，我常去。／不，我不常去。
3. 請問咖啡店在哪裡？
4. 那個地方／你家／你們學校　遠不遠？
5. 你去他們學校做什麼？／你為什麼去他們學校？

X. 你要在 Facebook 上跟大家說說你在臺灣的家。
　　（自由題）

聽力測驗文本

II. 選出對的發音

1. a 在　　　　b 菜
2. a 碗　　　　b 遠
3. a 做　　　　b 最
4. a 千　　　　b 錢
5. a 買　　　　b 美
6. a 多　　　　b 都
7. a 那裡　　　b 哪裡
8. a 旁邊　　　b 方便
9. a 幾個　　　b 七個
10. a 山上　　　b 商店

III. 聽與答

A.

1. 陳小姐在房子前面。
2. 王先生在圖書館裡面。
3. 哥哥在咖啡店旁邊。

B.

1. 他朋友去商店買咖啡。
2. 王老師在教室裡面上課。
3. 我家人在那家餐廳吃飯。
4. 怡君在學校的圖書館看書。
5. 我弟弟現在在臺灣學中文。

C.

1. 男：你們學校的圖書館在哪裡？
　　女：前面那棟大樓。
2. 男：商店外面的那個人是誰？
　　女：是我的學生。
3. 男：這家餐廳在山上，這麼遠，你為什麼要來？
　　女：這家餐廳很有名，聽說他們的牛肉麵最好吃。

VIII. 寫漢字（同寫漢字答案）

肆、教學範本

教學步驟概述：以每週上 10 堂課（每堂課 50 分鐘），每五天上完一課為教學範例。

課名	第六課 他們學校在山上
主題	地點、方位
教學目標	1.讓學生學會用簡單的中文詢問以及說明地點。 2.讓學生學會用簡單的中文詢問以及說明方位。 3.讓學生學會用簡單的中文描述某地的環境。 4.讓學生學會用簡單的中文表達對某地或某環境的看法。 5.讓學生學會用簡單的中文表達在某地從事某活動。
教學資源	・臺灣地圖、世界地圖 ・所學過的地點的圖片 ・介紹花蓮的短片

時間分配		教學活動或教學步驟概述

第一天
 	
第一小時
	暖場活動
	複習與
	提問
		一、對「來、去」的概念。
		
		二、進入本課生詞介紹（25 mins）
		  1.拿出世界地圖，問學生「你的家人在哪裡？」，帶出生詞「哪裡」。
		  2.又問「我們學校在哪裡？」，然後拿出標示各縣市的臺灣地圖。可帶領學生說出這些地點，練習發音和拼音，再次詢問學生：「我們學校在哪裡？」、「你覺得我們學校漂亮嗎？」
		  3.再來問：「花蓮在哪裡？」，然後以短片「花蓮」的風景，也可加入學生所在地點，比較一下兩個城市。利用短片，問學生問題以帶出本課新生詞：「山、海、風景、美」。

第一天 第二小時	對話1 詞彙解說 與舉例	1.領讀對話一，讓學生獨誦或群誦，並糾音。 2.學生分組兩兩練習對話一，教師在一旁巡視並糾音。 3.針對課文詢問學生問題，學生最好能不看課本回答。 4.從對話一出發延伸提問，如「我們學校怎麼樣？」等。 ★回家功課 1.預習對話二生詞。 2.寫作業簿的漢字練習與生詞填空以及聽力練習。

第二天 第一小時	對話2 詞彙解說 與舉例	1. 聽寫對話二生詞。 2. 以圖片複習對話一和對話二的地點生詞。 3. 結合對話一和對話二的生詞,問學生問題(可輔以圖片),藉此加強對本課生詞的熟悉度。 4. 複習對話一,詢問學生對話一的內容,然後帶入對話二。
第二天 第二小時	對話2 練習	1. 領讀對話二,讓學生獨誦或群誦,並糾音。 2. 學生分組兩兩練習對話二,教師在一旁巡視並糾音。 3. 針對課文詢問學生問題,學生最好能不看課本回答。 4. 從對話二出發延伸提問,如「我們學校的圖書館怎麼樣?」等。 ★回家功課 1. 預習本課語法,並嘗試寫練習。 2. 寫作業簿聽力練習。
第三天 第一小時	語法解說	1. 聽寫對話一和對話二的句子。 2. 快速複習一下對話一和對話二內容。 3. 依序練習本課的語法: 　利用每一個語法中的例句,讓學生讀,然後再問學生問題。最後再看語法中的練習。
第二小時	學生練習	1. 語法練習。 2. 做第一個課室活動:看圖找找他們在哪裡。 ★回家功課 1. 除了最後的短文外,寫完作業簿裡的練習。 2. 準備介紹你的學校(寫草稿)。
第四天 第一小時	活動與 任務解說	1. 以提問方式複習一下本課生詞、語法。 2. 檢討作業簿的作業。 3. 做第二個課室活動:先分組聊聊你家怎麼樣,再請學生報告所聽到的。

第四天 第 二 小 時	課室活動	1. 做第三個課室活動：介紹我的學校。可讓學生先準備一下，再上台報告。可發紙張讓學生記錄同學所說，之後再詢問學生報告內容的問題，或是可問你們最喜歡哪一個學校？ 2. 文化點小講解，了解中國文化裡數字的禁忌，同時也讓學生比較一下和他們國家的數字文化有何不同。 ★回家功課 1. 寫作業簿裡的短文。 2. 準備考試。
第五天	週考	複習 考試
回家功課	教師依照教學進度，配合課本語法點與作業簿指定作業。	

第七課
早上九點去 KTV

、**教學目標**

Topic：時間（時點、時段）Time（Time-When and Time-Duration）

讓學生學會用簡單的中文表達與詢問時間。

讓學生學會用簡單的中文描述在某個時間點或時段正在進行的動作。

讓學生學會用簡單的中文跟朋友約時間見面。

讓學生學會用簡單的中文描述日常生活習慣性的活動。

（貳）、**教學重點**

一、暖身活動

1. 先複習前幾課學過的時間詞以及 Subject ＋ 時間詞 ＋ V ＋ O（L3）這個結構：週末、這個週末、明天、今天、昨天、早上、晚上→加入本課生詞：中午、後天。

2. 拿一個時鐘或是用PPT呈現不同時間，問學生「幾點幾分」。

3. 問學生：「我們幾點上課？」、「你幾點來學校？」、「你今天早上幾點來學校？」、「你昨天幾點吃晚飯？」、「你昨天幾點去運動？」等。

二、詞彙解說

1. 對話一「幾點」和L5「點菜」的「點」是同形異義詞，可以提醒一下學生。

2. 「見面」雖然學生常會說成「見面他」，不過「跟他見面」的「跟」在 L8 才會出現，可到 L8 再提出這個結構，本課先讓學生熟悉「在哪裡見面」這個結構即可。

3. 這課出現了三個V-sep：唱歌、見面、下課，教師可視情況跟學生說明這種詞類，如這類的詞是「動詞性成分＋名詞性成分」，是不及物動詞，所以後面不能直接加賓

語，所以不能說「唱歌三小時」、「見面他」。離合詞是學習難點，可讓學生慢慢建立對這種詞類的認識。

三、語法重點提示及練習解答

1. Time and Place of Events

注意語序，地方詞不能置於句尾，以及否定詞的位子。

2. 從 cóng… 到 dào… *from A to B*

(1)這個語法點結構不難，但句子較長，需要多練習。

(2)注意否定和疑問的幾個不同用法。

3. Progressive, On-going Actions 在 zài

(1)如果沒說出時間的話，那麼「在」進行動作的時間就是說話的當下，所以一般使用「在＋V」時不會出現時間詞。

(2)注意否定時，多用「不是」。

4. 每 měi *each and every*

(1)如果不是用在時間方面（如每天），而是群體中的個體時（如每個人），指的是某一個範圍裡的每一個個體，不過這個「範圍」（群體）可能隱藏在上下文中，不一定會說出來，比如說：（我們學校）每一棟大樓都很漂亮。

(2)「每」的句子雖然不一定百分百都跟「都」共現，但是學生常漏用了「都」，所以這裡還是把「每……都……」視為一個句構，讓學生習慣使用。

(3)注意否定用「不是」。

5. 可以 kěyǐ *permission*

(1)「可以」的用法臺灣和大陸不太一樣，本教材使用臺灣用法。

(2)「能」、「會」、「可以」的用法複雜，但到目前只需要先提到已經出現的即可，不需要全部帶出比較。

(3)目前出現的是 L3 可以（possibility 的用法）、L4 能（capacity 的用法），以及本課「可以」（permission 的用法）。注意在否定時，會出現語意轉換的情況，可以用「不能」和「不可以」，一般來說，「不能」的否定強度高於「不可以」，提醒學生注意、多練習。

● 語法練習解答一

1. 他和他哥哥晚上七點在他們家附近的餐廳吃晚飯。
2. 他和他妹妹中午十二點十分在圖書館上網。
3. 這三個學生下午三點半在九樓的教室裡寫書法。
4. 很多學生早上八點四十五分去學校打籃球。

●語法練習解答二

1. 姐姐<u>從七點二十分到九點十分</u>在學校看電影。
2. 明天的游泳比賽<u>從早上八點到下午四點半</u>，歡迎你們來。
3. Q：<u>從他家去那個商店</u>遠不遠？
   A：<u>（從他家去那個商店）有一點遠</u>。
4. 他從<u>圖書館到游泳池去游泳</u>。

●語法練習解答三

1. 我在踢足球。
2. 爸爸在唱歌。
3. 媽媽在喝茶。／媽媽在喝咖啡。
4. 姐姐在上網。
5. 弟弟在看書。

●語法練習解答四

1. 我哥哥每天<u>八點去學校／上課</u>。
2. <u>每杯咖啡都很好喝</u>。
3. 他的兄弟姐妹，<u>每個人都很好看</u>。
4. A：他每個週末都去看電影嗎？
   B：<u>不是，他不是每個週末都去看電影</u>。
5. A：他們學校，每棟大樓都很漂亮嗎？
   B：<u>不是，他們學校不是每棟大樓都很漂亮</u>。

●語法練習解答五

1. A：請問咖啡可以外帶嗎？
   B：外帶、內用都<u>可以</u>。
2. A：這杯烏龍茶是誰的？我<u>可以</u>喝嗎？
   B：<u>可以</u>。請喝！
3. A：請問我們可不可以在這裡打網球？
   B：早上可以，可是晚上<u>不可以</u>。
4. A：這個週末我們<u>可不可以</u>去你家看看？
   B：<u>可以</u>，我這個週末沒事。

5. A：我們<u>可以</u>在大教室裡面吃東西嗎？
　　B：<u>不可以</u>，可是小教室可以。

四、課室活動練習說明及解答

第一個活動：除了練習如何描述正在進行的動作外，也複習「V 得怎麼樣(L5)」。

第二個活動：主要在練習「從……到……」，所以從 task 1 先讓學生練習說，再帶入 task 2 的活動，提醒學生用「從……到……」來說明日常生活作息。

第三個活動：調查活動。
1. 做這個活動的時候，讓學生任意走動去問其他同學，但要提醒以及確定學生使用中文來問，而非只是讓受訪者直接勾選而已。
2. 每天做的事，教師可根據學生情況增刪。
3. 如果還有時間，可以讓學生說說 task 2，家人一定要做的事。

第四個活動：
1. 讓學生根據課文對話內容來設計，可以讓學生在課外時間做一個三分鐘的skit。做之前可以先問學生會怎麼問、怎麼回答，約朋友做什麼（what）、什麼時候做（when）、去哪裡做（where），幫助學生更了解怎麼進行。
2. 如果有時間，讓學生準備時寫下他們要表演的對話，讓老師修改之後，再把對話內容背下來，上課時表演。

第五個活動：
這個海報有些生詞，允許學生使用一點英文。
1. 可以先做這個活動，再做第四個活動。
2. 可以讓學生課後做，上課來討論或發表。

● 課室活動練習解答一

1. 他在做飯。我覺得他（做飯）做得不錯。
2. 他在游泳。我覺得他（游泳）游得不太好。
3. 她在寫書法。我覺得她（寫書法）寫得不太好看。
4. 她在打籃球。我覺得她（打籃球）打得很好。

● 課室活動練習解答二

任務一

他從八點十分到十點有中文課。

他從十點二十分到十一點半在教室上網。

他和他朋友從（中午）十二點到（下午）一點在學校附近的餐廳吃飯。

他和他朋友下午三點半在商店買包子。

他和他朋友從（下午）三點五十到五點在學校打網球。

任務二

自由回答。

● 課室活動練習解答三

自由回答。

● 課堂活動練習解答四

自由回答。

● 課堂活動練習解答五

學生能說出：

學校有龍舟(dragon boat)比賽的練習(practice)。

每天早上從六點半到九點在新店練習(practice)。

你喜歡游泳也會說中文，想不想去？

五、文化參考與補充

臺灣流行的休閒活動──唱 KTV

在臺灣，「唱歌」是一項十分流行的活動。不論是老式的卡拉 OK，或是新式的 KTV，不論男女老少，去 KTV 或卡拉 OK，都很受歡迎，甚至有許多人還在家裡買了卡拉 OK 的伴唱設備，自己隨時可以唱，也邀請朋友一起來家裡同樂；也有些宴會場合會設置卡拉 OK 的伴唱設備，想上去唱歌的人就自己上去唱，大家一邊吃飯一邊聽歌，娛樂自己也娛樂大家。

平時無聊時可以去唱歌，慶生或慶功時，也能去唱歌，沒有什麼特定的名目，想唱就唱。因為是一項流行的休閒活動，所以現在有許多新式的KTV，也藉由提供更好的服務來吸引客人，比如提供各式餐點、飲料等。

六、語音指導重點

1. 介紹三個聲母：r-（ri）、ch-（chi）、c-（ci）

　　四個韻母：-in（yin）、-un（wen）、-ong（weng）、-iong（yong）

2. 聲調練習：三聲搭配一～四聲的組合練習。

練習內容：

1. 語音（介紹拼音符號）

		已學韻母							
		-a	-e	-u	-ai	-en	-ou	-an	-ang
r-/ri	日（本）		熱	如（玉）		（家）人	（牛）肉		
ch-/chi	吃、（游泳）池	（烏龍）茶				陳（月美）	臭（豆腐）		常、唱（歌）
c-/ci	（下）次				菜			（午）餐 餐（廳）	

		-in/yin	-un/wen	-ong / weng	-iong / yong
已學聲母	k-			（有）空	
	g-			（一）共	
	d-			東（西）、棟	
	n-	您			
	l-			（烏）龍（茶）	
	j-	（最）近、今（天）			
	x-	新			兄（弟）
	zh-			中（文）、種、中（午）	
	t-			（馬安）同	
本課重點	ch-				
	c-		從		
		音（樂）、銀（行）	（中）文、問、（沒）問（題）		（內）用、（游）泳（池）

漢語拼音原則：韻母 u 後結合 en 且前有聲母時，略去 e，成 -un，但發音時仍保留 e 音；若 u 後結合 eng 且前有聲母，則拼為 -ong，發音時亦無 e 音。另，韻母 ü 後結合 eng 且前無聲母，拼為 yong，發音如字面直拼，並無 e 音；如前有聲母（j-、q-、x-），則拼為 -iong。

由於聲母已全數介紹，可在此課複習所有學過的聲母並強化對比辨音，如 zh-/zhi、ch-/chi、sh-/shi，z-、c-、s-，以及本課的：

(1) n- / l-　：你（們）／裡（面）；那／辣；（越）南／籃（球）
(2) l- / r-　：裡（面）／日（本）；了／熱；（大）樓／（牛）肉
(3) zh- / ch-：支／吃；張／常
(4) z- / c-　：在／菜；做（飯）／（不）錯

2. 聲調：三聲搭配一～四聲的組合練習。

前已練過三聲變調與半三聲，本課加上一至七課的生詞進行綜合練習。

三聲＋一聲 → 喜歡、我家、你家、老師、手機、好吃、小吃、午餐

三聲＋二聲 → 美國、哪國、網球、好玩、有名
三聲＋三聲（變調）→ 小姐、你好、老闆、所以、可以、哪裡
三聲＋四聲 → 請問、好看、請進、姐妹、早上、晚上、晚飯、可是、
　　　　　　裡面、有空、比賽
三聲＋輕聲 → 我們、你們、姐姐、好啊、好的

標點符號說明

　　關於中文的標點符號，可開始提醒學生寫句子或段落時，標點符號也如文字般佔用一個格子（全形非半形），且逗號、句號、頓號等標點符號置放於格子正中央，而非左下角；逗號的使用比句號多得多。以此讓學生瞭解中文寫作格式的要求。另，臺灣和大陸的標點符號使用有些不同，如逗號和句號置放於格子的左下角而非中央，引號用＂＂而非「」。

 參、學生作業本參考解答

I. 聲調辨識

1. 見面 jiànmiàn	2. 銀行 yínháng	3. 後天 hòutiān	4. 唱歌 chànggē	5. 最近 zuìjìn
6. 下次 xià cì	7. 時候 shíhòu	8. 中午 zhōngwǔ	9. 開始 kāishǐ	10. 書法 shūfǎ

II. 選出對的發音

　1. a　2. b　3. b　4. a　5. a　6. a　7. b　8. b　9. a　10. a

III. 聽與答：他們什麼時候做什麼？

A. 聽聽現在幾點？

　1 ╱ 5 ╱ 4 ╱ 2 ╱ 3

B. 聽聽他們在做什麼？然後把 A～E 寫在適當的格子裡。

　爸爸：E　媽媽：D　哥哥：B　姐姐：C　妹妹：A

C. 聽對話，下面句子對的打○，不對的打 ╳

　1. ╳　2. ○　3. ╳　4. ╳　5. ╳

IV. 對話配對練習

配合題

1.G　　2.H　　3.A　　4.E　　5.D　　6.C　　7.B　　8.F

V. 閱讀理解：一張字條

1. a　　2. a　　3. c　　4. b　　5. b

VI. 填充

A. 填入對的字

1. d　　2. b　　3. e　　4. c　　5. a

1. 你踢足球踢<u>得</u>怎麼樣？

2. <u>每</u>個學生都喜歡上課嗎？

3. 你為什麼現在<u>在</u>買包子？

4. 我朋友不是每天<u>都</u>去游泳。

5. 這個比賽<u>從</u>下午三點半到五點。

B. 小李在校園裡碰到小王，下面是他們的對話，請幫忙完成。

小李：小王，你要去哪裡？

小王：我<u>a.剛</u>去看網球比賽，<u>j.等一下</u>要去吃晚飯。

小李：學校今天有網球比賽啊？

小王：是的，從四點到六點。對了，我現在在學網球，覺得很<u>i.有意思</u>。

小李：你每天都去打嗎？打得怎麼樣？

小王：是的，我剛<u>d.開始</u>學，打得不好，我朋友打得很好，他教我打。

小李：他也可以教教我嗎？

小王：我問問他，你什麼<u>g.時候</u>有空？

小李：我<u>f.最近</u>不太<u>c.忙</u>，每天都有空。

小王：太好了！我們可以一起打網球。

VII. 重組

1. 我和我朋友昨天剛開始上書法課。

2. 老師和他的學生什麼時候去你家做甜點？

3. 爸爸不是每天晚上都在家吃晚飯。

4. 陳先生後天從早上到晚上都沒空。

5. 為什麼每個人都在看前面那個學生？

VIII. 寫漢字（配合聽、看再寫）

1. 我有空可以去聽聽嗎？
2. 他現在在教室裡寫書法。
3. 我們什麼時候見面？
4. 他後天從早上到下午都要上課。
5. 我們的中文課每天八點十分開始。

IX. 根據安同的行程，回答問題

1. 上中文課、喝咖啡、吃午餐、看書。
2. 他不是每天都去運動。（星期四沒運動）
3. 每天從八點到十點。
4. 他在看書。

X. 寫作練習：你覺得你現在每天做的事都很有意思嗎？

為什麼？你可以說說你去哪裡、做什麼？你覺得有意思嗎？（自由題）

聽力測驗文本

II. 選出對的發音

1. a 買　　　b 賣
2. a 幫　　　b 半
3. a 學　　　b 寫
4. a 忙　　　b 常
5. a 見面　　b 前面
6. a 七點　　b 幾點
7. a 上課　　b 下課
8. a 可是　　b 有事
9. a 最近　　b 附近
10. a 一起　　b 自己

III. 聽與答

A.

1. 兩點
2. 四點十分
3. 八點五十分
4. 十二點半
5. 一點十五分

B.

姐姐在唱歌。

妹妹在寫書法。

哥哥在吃甜點。

媽媽在看籃球比賽。

爸爸在房子裡做飯。

C.

1. 男：妳要不要一起去 KTV 啊？

　女：下次吧，我得去銀行。

2. 男：妳今天中午從妳家到學校來嗎？

　女：不是，我從游泳池來。

3. 男：聽說妳最近在學中文。

　女：對啊，學得不太好，可是我覺得很有意思。

4. 男：什麼時候有空？一起去打籃球吧！

　女：好啊，明天我有空，幾點？

　男：早上七點。

5. 男：我們明天下午要去看電影。幾點？在哪裡見面？

　女：三點半，在學校前面的咖啡店，怎麼樣？

　男：沒問題。

VIII. 寫漢字（同寫漢字答案）

第八課
坐火車去臺南

壹、教學目標

Topic：交通工具 Transportation
　　　讓學生學會用簡單的中文表達交通工具名稱及怎麼到達目的地。
　　　讓學生學會用簡單的中文說出他的休閒計畫。
　　　讓學生學會用簡單的中文簡單比較不同的交通工具。
　　　讓學生學會用簡單的中文解釋他對事物的喜惡。

貳、教學重點

一、暖身活動

　　1.請同學說出交通工具的名稱。
　　2.問同學平常怎麼來學校？
　　3.請同學比較各種交通工具的價錢和快慢、舒適度。

二、詞彙解說

　　1.怎麼樣？怎麼＋V

　　說明「怎麼樣？」：L3 的「我們早上去踢足球，怎麼樣？」是表示說話者問對方的想法；L5 的「你做飯做得怎麼樣？」是問「做得好不好？」；L8 的「怎麼（how）＋V」是表示執行的方法。此課是「怎麼＋去」，表示坐什麼交通工具到目的地。

2.「或是」、「還是」

　　強調兩者語意相同用法不同。L3的「還是」用在問句。「或是」則問句、敘述句皆可用。「或是」較書面。並舉例說明。

3.「但是」、「可是」

　　兩者語意相同，「但是」較書面。

4.「坐（搭）、騎、載」

　　(1)跟學生說明交通工具所搭配的動詞：

　　　「坐（搭）」公車／火車／捷運／計程車／高鐵；騎機車（摩托車）／馬

　　(2)「載」是你坐在別人的車上／機車上／腳踏車上。

三、語法重點提示及練習解答

1. Companionship with 跟 gēn

　　跟（with）是 preposition，後接某人。表示跟某人一起做某事。「跟」常與「一起」合用。否定時「不」＋跟。

2. Asking How with 怎麼 zěnme

　　「怎麼」是副詞，用來詢問方法，緊接動詞。本課重點是「怎麼去某處？」，所以回答是坐哪種交通工具。

3. Implicit Comparison with 比較 bǐjiào

　　避免學生說出：＊高鐵比較捷運快。中國大陸說「比較」時，表示相當的意思，跟臺灣的意涵不同。否定：

　　a. 比較不＋Vs（比較不熱）

　　b. 比較不＋（想／常／會／喜歡）＋V

　　c. 比較沒（有空／有事／有意思）

4. 又 yòu… 又 yòu… *both A and B*

　　用來討論兩個人或兩件事的品質、情況或行為。強調用此句型時，只能有一個主詞。兩個「又」後的情況地位相等。

5. Comparison with 比 bǐ

　　「比」以介詞的形式導引兩個名詞的比較。跟學生說明「比」與「比較」句子不同的呈現方式。如：坐捷運比坐火車快／坐捷運比較快。否定為「不比」和「不是比」。

● 語法練習解答一

1.～5.自由回答。
6.我不跟哥哥去，我跟同學去。（參考）
7.我不跟他去，我在家吃飯。

● 語法練習解答二

自由回答。

● 語法練習解答三

1.坐計程車比較快。
2.他比較常打網球。
3.我比較喜歡喝茶。
4.坐捷運比較舒服。
5.坐火車比較慢。
6.我覺得唱歌比較有意思。

● 語法練習解答四

1.A：這家咖啡店的咖啡怎麼樣？
　B：這家咖啡店的咖啡又便宜又好喝。
2.A：你覺得這個電影怎麼樣？
　B：我覺得這個電影又好看又有意思。
3.A：我們週末去運動還是在家看書？
　B：週末我又不想去運動又不想在家看書，我們去KTV唱歌。
4.A：你為什麼不買這種手機？
　B：因為這種手機又不好看又不能上網。
5.A：這種甜點好吃嗎？
　B：這種甜點又好吃又便宜。

● 語法練習解答五（參考答案）

圖1：我覺得打棒球比踢足球好玩。／我覺得踢足球比打棒球有意思。

圖2：我覺得坐高鐵比坐火車快。／我覺得坐火車比坐高鐵慢。
圖3：我覺得牛肉麵比小籠包貴。／我覺得小籠包比牛肉麵便宜。
圖4：我覺得花蓮山上的風景比臺北故宮的風景美。

四、課室活動練習說明及解答

第一個活動：學生利用學過的生詞，說一說自己在表格上安排的計畫。

第二個活動：同學兩人互問喜好，並問為什麼，至少給兩個理由。

第三個活動：同學兩人分組參考圖表討論你週末要做的事（可以有兩個活動以上），說明為什麼這樣安排，用「比」或「比較」來說明理由。

第四個活動：設定一個目的地，讓學生說出如何到那裡。先舉去陽明山為例，可再變換地點，如：你怎麼帶朋友去淡水／臺南／花蓮／××夜市…等。

課室活動練習解答一

自由發揮。

課室活動練習解答二 （參考答案）

1.你為什麼常坐高鐵？	坐高鐵又快又舒服，所以我常坐。
2.你為什麼要買這種手機？	這種手機又能照相又能上網，所以我要買。
3.你為什麼不吃那家的牛肉麵？	那家的牛肉麵又貴又辣，所以我不吃。
4.你為什麼喜歡這個電影？	這個電影又好看又有意思，所以我喜歡。

課室活動練習解答三 （參考答案）

我們覺得參觀故宮比看電影有意思，所以這個週末我們打算去參觀故宮博物院。
山上比較遠，所以這個週末我們不去山上看風景，我們要去學校打球。

課室活動練習解答四

自由回答。

五、文化參考與補充

伴手禮

伴手禮是出外或回鄉時，為親友買的禮物，一般是當地的土特產，它代表華人社會濃厚的人情味。臺灣各地政府為擴展文化觀光產業，將「伴手禮」視為最能展現地方特色，又能振興地方經濟的活水。伴手禮，從各類甜點、零食、農漁礦牧產品，甚至是具有歷史意涵的紀念品，都很受青睞，如：阿里山高山茶、臺灣土鳳梨酥、太陽餅、花蓮大理石、臺灣珊瑚、印上臺灣地形的 T 恤衫、鑰匙鏈……等。

臺北市的 YouBike 微笑單車

YouBike 微笑單車是臺北市公共自行車租賃系統。使用無人自動化的管理系統，24 小時提供租賃服務，政府希望以自行車做為接駁工具，擴大捷運和公車的服務腹地，希望吸引更多民眾使用大眾運輸工具，減少汽機車使用，進而達到環保與經濟的效益。

六、語音指導重點

1. 介紹七個韻母：-iang (yang)、-ing (ying)、-uai (wai)、-uan (wan)、
   -uang (wang)、-üan (yuan)、-ün (yun)
2. 聲調練習：四聲搭配一～四聲的組合練習。

練習內容：

1. 語音（介紹拼音符號）

<table>
<tr><td rowspan="2" colspan="2"></td><td>-iang /
yang</td><td>-ing /ying</td><td>-uai /wai</td><td>-uan /
wan</td><td>-uang /
wang</td><td>-üan /
yuan</td><td>-ün /yun</td></tr>
<tr><td rowspan="7">已學聲母</td></tr>
<tr><td>m-</td><td></td><td>名（字）
明（天）</td><td></td><td></td><td></td><td></td><td></td></tr>
<tr><td>d-</td><td></td><td>（一）定</td><td></td><td></td><td></td><td></td><td></td></tr>
<tr><td>t-</td><td></td><td>聽（音樂）
（餐）廳</td><td></td><td></td><td></td><td></td><td></td></tr>
<tr><td>l-</td><td>兩、
（漂）亮</td><td></td><td></td><td></td><td></td><td></td><td></td></tr>
<tr><td>g-</td><td></td><td></td><td></td><td>（圖書）館
（參）觀</td><td></td><td></td><td></td></tr>
<tr><td>k-</td><td></td><td></td><td>塊
快</td><td></td><td></td><td></td><td></td></tr>
<tr><td>h-</td><td></td><td></td><td></td><td>歡（迎）
（喜）歡</td><td></td><td></td><td></td></tr>
</table>

已學聲母								
已學聲母	j-							(張怡)君
	q-	請（進）						
	x-	(照)相、想	姓、（不）行					
		(怎麼)樣	（歡）迎（電）影	外（帶）外（面）	（臺）灣晚（上）玩、萬	王(開文)網（球）網(路上)	遠、（故宮博物）院	運（動）（捷）運

　　漢語拼音原則：韻母 i＋ang 且前無聲母，i 寫為 y；i＋eng 時，略去 e，如前無聲母則另加上 y，成 ying。u 後結合其他韻母且前無聲母時，u 寫為 w。ü 則如第三課所述，前置聲母 j、(q)、x 時，略去其上代表變音符號（umlaut）的兩點（¨），如前無聲母，則加上「y」。

　　漢語拼音至此介紹完畢，故自本課起可進行各種聲韻交叉之聽力、辨音練習。

2. 聲調：四聲搭配一～四聲的組合練習。
　　四聲＋一聲 → 看書、地方、唱歌、後天、汽車
　　四聲＋二聲 → 棒球、越南、大樓、不行
　　四聲＋三聲 → 日本、電影、一起、上網、自己、那裡、這裡、下午
　　四聲＋四聲 → 外帶、內用、做飯、後面、現在、附近、上課、外面、
　　　　　　　　　宿舍、教室、見面、下次、再見、最近、但是、或是
　　四聲＋輕聲 → 是的、謝謝、爸爸、妹妹、這麼、是啊、對了

、學生作業本參考解答

I. 聲調辨識

1. 火車 huǒchē	2. 不行 bù xíng	3. 故宮 Gùgōng	4. 非常 fēicháng	5. 高鐵 gāotiě
6. 參觀 cānguān	7. 同學 tóngxué	8. 捷運 jiéyùn	9. 公共 gōnggòng	10. 古代 gǔdài

II. 選出對的發音
1. a　2. b　3. a　4. a　5. a　6. b　7. b　8. a　9. b　10. b

III. 聽與答：聽聽看他們做什麼？

A. 聽聽他怎麼去？然後在圖上面打✓

　　1.右圖　　2.右圖　　3.右圖

B. 如玉週末要出去玩，她有自己的想法，聽後請回答問題並寫在表格中。

　　1. a,b （她想去故宮也想去臺南。）

　　2. c　 （坐公車去。）

　　3. g　 （她覺得坐公車有一點慢。）

　　4. e　 （妳坐計程車去吧。）

C. 聽對話，下面句子對的打○，不對的打 ✕

　　1.✕　 2.✕　 3.○　 4.○　 5.✕

IV. 對話配對練習

配合題

　　1.D　 2.F　 3.A　 4.H　 5.C　 6.B　 7.E　 8.G

V. 閱讀理解：

　　如玉、安同在討論去臺南的事。看完他們的對話後，寫出下面的句子對不對（對的打○，錯的打 ✕）

　1.○　 2.✕　 3.○　 4.○　 5.✕

VI. 填充

填入對的字

1.明天晚上我想<u>跟</u>朋友去看電影。

2.A：他跟不跟你去KTV唱歌？

　B：他<u>不跟</u>我去，他跟同學去。

3.我家附近的餐廳，<u>又</u>便宜<u>又</u>好吃，我常跟家人去吃。

4.A：今天很熱！

　B：我覺得昨天<u>比較</u>熱。

5.A：你知道<u>怎麼</u>去故宮嗎？

　B：你可以坐公車去。

VII. 重組

1.我想坐高鐵去臺南玩。

2.他不跟我去看棒球比賽。／我不跟他去看棒球比賽。

3.那家店的牛肉麵比較好吃。

4.你可以在網路上買高鐵票。／你在網路上可以買高鐵票。／在網路上你可以買高鐵票。

5.故宮有很多中國古代的東西。

VIII. 寫漢字（配合聽、看再寫）

1. 坐火車有一點慢。

2. 聽說高鐵車票非常貴。

3. 坐計程車又快又舒服。

4. 同學騎機車載我去捷運站。

5. 騎機車比坐公車快嗎？

IX. 完成對話

1. 好啊！

2. 你喜歡喝日本茶（咖啡）還是烏龍茶？

3. 坐高鐵又快又舒服。

4. 我們學校不比他們學校遠。／我們學校比他們學校遠。

5. 我沒空。（自由回答）

X. 請看圖並用一個句子寫出圖中的意思

1. 我騎機車載同學去學校上課。

2. 明天我要跟同學去參觀故宮博物院。

3. 在網路上或是便利商店都可以買高鐵票。

4. 坐高鐵比坐火車貴，可是比較快。

XI. 寫作練習：寫一封信告訴你的朋友或家人，這個週末你要去哪裡玩？（自由題）

聽力測驗文本

II. 選出對的發音

1. a 又　　　　b 有

2. a 賣　　　　b 慢

3. a 跟　　　　b 很

4. a 坐　　　　b 這

5. a 騎車　　　b 汽車

6. a 還是　　　b 或是

7. a 書法　　　b 舒服

8. a 網路　　　b 晚飯

9. a 便宜　　　b 便利

10. a 比賽　　　b 比較

III. 聽與答

A.

1. 他想坐高鐵去臺南。
2. 他騎機車去學校。
3. 坐計程車太貴了，他坐公車去。

B.

1. 週末我想去臺南也想去故宮，可是臺南很遠，我去故宮吧。
2. 去故宮沒有捷運，我想坐公車去。
3. 我覺得坐公車有一點慢，我想請臺灣朋友騎機車載我去。
4. 我朋友有課沒空載我去故宮，他說：「妳坐計程車去吧！又快又方便，也比較舒服。」

C.

1. 女：我明天想坐火車去臺南。
   男：如玉，火車太慢了，坐高鐵去比較快。
   女：可是，高鐵車票很貴！
2. 女：我不知道在哪裡買高鐵車票。
   男：很方便啊！在高鐵站、網路上、便利商店都可以。
3. 女：安同，明天沒課，我們去看電影。
   男：對不起，我要跟同學去故宮博物院。
   女：那我跟你們去。
4. 女：我要坐捷運去故宮看中國古代的東西。
   男：不行，到故宮沒捷運，妳坐公車吧！
5. 男：如玉，明天我們去大安 KTV 唱歌，好嗎？
   女：明天我沒空，這個週末怎麼樣？
   男：沒問題。我可以騎機車載妳去。
   女：謝謝你，明華，可是我家在大安 KTV 旁邊。

VIII. 寫漢字（同寫漢字答案）

第九課
放假去哪裡玩？

、**教學目標**

Topic：休閒 Leisure

讓學生學會用簡單的中文描述事件。

讓學生學會用簡單的中文跟朋友討論旅遊計畫。

讓學生學會用簡單的中文說出假設性的情況。

讓學生學會用簡單的中文說出假日休閒活動。

、**教學重點**

一、暖身活動

1. 問同學放假的時候常做什麼？

2. 問同學逛過夜市嗎？覺得怎麼樣？

3. 去過臺灣哪些地方？怎麼去？（複習第八課）

二、詞彙解說

1. 強調中文的時間排序原則：由大到小。

　年→月→日→星期（禮拜）→早上（中午、下午、晚上）→點→分。並舉實例說明。

2. 強調時間點（Time-When）與時段（Time-Duration）之差異，如：

　「點（點鐘）」是 Time-When，「鐘頭」是 Time-Duration。 舉例說明：「兩點」與「兩個鐘頭」的區別。「三月」是 Time-When；「三個月」是 Time-Duration，兩者不同。

3.「一年」、「一個月」、「一（個）星期」、「一天」。

　強調一年、一天不加「個」。

4.「還有」後加人、事、物、地。

三、語法重點提示及練習解答

1. Time-When vs. Time-Duration

　參考表列，比較並說明 Time-When 跟 Time-Duration。

2. Time-Duration *‘for a period of time’*

　Time-Duration 短語，表示一段時間、一個事件發生的時間長度。

　句子的結構有四種不同的方式，應讓學生熟悉：

　(1) 及物動詞或後無受詞

　　我去日本旅行一個多星期。（Time-Duration 置於動詞之後）

　(2) 動詞後有受詞

　　他打算教中文教一年。（動詞須重複，且置於 Time-Duration 之前）

　(3) 注意否定結構

　　我一個星期不能來上課。（Time-Duration 置於不／沒之前，先教「不」，「沒」13課再教）

　(4) 離合詞（Separable Verb）可插入 Time-Duration 做為修飾成分，其句構為：V + time-duration 的 O

　　我每星期上五天的課。

3. …的時候 de shíhòu *when*：表過去或現在、未來一件事情發生的時間。

4. 有時候 yǒu shíhòu…有時候 yǒu shíhòu… *sometimes..., and sometimes...*：在一個語境下，兩個可能的情況交替發生。

5. Condition and Consequence with 要是 yàoshì… 就 jiù…：跟學生說明「要是」後面的情況是一種假設，「就」緊接在第二個句子表示結果。

● 語法練習解答一

1. 他決定下個月到日本去玩。
2. 我打算學五年（的）中文。
3. 我下個星期二回國。

● 語法練習解答二

他每天上一個鐘頭的網。	他每天上三個鐘頭的中文課。	他每天游半個鐘頭的泳。
他每天在圖書館看四個鐘頭的書。	他每天做一個鐘頭的飯。	他每天吃一個半鐘頭的飯。

● 語法練習解答三

1. 有空的時候，我喜歡跟朋友一起喝咖啡。
2. 放假的時候，我要去旅行。
3. 不上課的時候，我想去看電影。
4. 週末的時候，我常去夜市吃東西。

● 語法練習解答四

讓學生就所學自由發揮。

● 語法練習解答五

讓學生就所學自由發揮。

四、課室活動練習說明及解答

第一個活動：讓學生看訊息回答活動花的時間。
第二個活動：看圖片給建議。
第三個活動：(1)安同的朋友從美國來臺灣，請告訴同學他去花蓮旅遊的計畫。
　　　　　　(2)同學兩人一組說自己的假期計畫，寫在表格上，並寫出去哪裡的人最多。

● 課室活動練習解答一

1. 田中想去花蓮玩三天。
2. 安同打算在臺灣學五年的中文。
3. 月美跟臺灣朋友打算去貓空玩四個鐘頭。
4. 如玉的爸媽決定在臺灣旅行一個星期。

● **課室活動練習解答二**

1. 要是你不要去游泳，就去打網球。
2. 要是你不想看電影，就在家看電視。
3. 要是你不去圖書館寫功課，就去寫書法。
4. 要是你不喜歡去餐廳吃飯，就在家吃飯。
5. 要是你覺得去踢足球沒意思，就去打棒球。

● **課室活動練習解答三**

同學們統計後寫出結論。

五、文化參考與補充

有字幕的電視節目

　　在臺灣，大概除了新聞以外，其他的節目一播放，字幕就會同步出現，而且一般來說，電視上的字幕是無法消除的。臺灣人看電視或電影時也都習慣搭配看字幕，如果沒有字幕，在理解節目內容時，反而會覺得有點吃力。至於為什麼有字幕？比較常見的有下面幾個說法：一是讓失聰的人也能懂節目內容；二是讓各地方的人都能看得懂，因為各地方言眾多，說國語的口音也不太一樣，但是中國字都是一樣的；三是中文是聲調語言，聲調不同，意思也不同，字與字搭配在一起時，聲調也會改變，因而出現許多同音詞，造成理解困難。另外，中文不是拼音文字，文字與聲音的連結沒有那麼強，因此文字和聲音如果同時出現的話，就更能幫助理解。例如，「基隆是雨港」這個句子，只聽不看文字的話，也可能以為是「基隆是漁港」，如果搭配文字出現，就不會弄錯了。

 、學生作業本參考解答

I. 聲調辨識

1. 放假 fàngjià	2. 打算 dǎsuàn	3. 影片 yǐngpiàn	4. 旅行 lǚxíng	5. 大概 dàgài
6. 貓空 Māokōng	7. 特別 tèbié	8. 應該 yīnggāi	9. 時候 shíhòu	10. 星期 xīngqí

II. 選出對的發音

1. b　2. a　3. b　4. b　5. b　6. a　7. a　8. b　9. a　10. b

III.聽與答

A.聽聽他打算做什麼？請在圖上面打✓

1.左圖

2.右圖

3.右圖

B.聽完對話後，請選出對的答案。

1.b　2.c　3.c　4.c

C.聽完對話後，下面句子對的打〇，不對的打✗

1.✗　2.✗　3.✗　4.〇　5.✗

IV. 對話配對練習

配合題

1.C　2.G　3.E　4.D　5.A　6.B　7.H　8.F

V. 閱讀理解：大朋這個週末逛完夜市，給小美寫了一封 e-mail，請看完這封信，回答以下問題，對的打〇，不對的打✗。

1.〇　2.〇　3.✗　4.〇　5.〇

VI. 把（　）裡的詞插入適當的地方

1.我跟家人去花蓮玩<u>兩天</u>。

2.我去美國<u>一個星期</u>都沒看書。

3.她昨天寫<u>半個鐘頭</u>功課。

4.你<u>有空</u>的時候要不要跟我去打網球？

5.我<u>有時候</u>打網球，<u>有時候</u>游泳。

VII. 重組

1.下個月我們放三天的假。／我們下個月放三天的假。

2.聽說那裡的風景也非常漂亮。／那裡的風景聽說也非常漂亮。

3.我下個週末去臺南玩兩天。／下個週末我去臺南玩兩天。

4.我沒空去 KTV 唱一個晚上的歌。

5.我們還不知道去哪裡旅行。

VIII. 寫漢字（配合聽、看再寫）

1. 下個星期我們放五天的假。
2. 週末我打算在家看電視學中文。
3. 聽說花蓮的風景非常漂亮。
4. 我有時候在家寫功課，有時候出去玩。
5. 從這裡到貓空大概要半個鐘頭。

IX. 完成對話

1. 我想學三年。
2. 你週末有空的時候，常做什麼事？
3. 有時候在家看書，有時候出去玩。
4. 要是我不忙，我想去 KTV 唱歌。
5. 要是你不回國，你要做什麼？
（以上為參考答案）

X. 看圖寫句子（要用提示詞）

1. 有空的時候，我常在家看電視。
2. 下個月我要去日本旅行。
3. 週末的時候，我有時候打籃球，有時候寫功課。
4. 臺灣夜市很有名，我應該去逛逛。
5. 要是我女朋友來臺灣，我就帶她去貓空喝茶。

XI. 寫作練習（100個字）：要是你的朋友來臺灣看你，你打算帶他們去哪裡？去吃什麼？去看什麼？（自由題）

聽力測驗文本

II. 選出對的發音

1. a 太　　　　b 帶
2. a 還　　　　b 海
3. a 客氣　　　b 出去
4. a 要是　　　b 夜市
5. a 微波　　　b 回國
6. a 建議　　　b 見面
7. a 多久　　　b 多少
8. a 公共　　　b 功課
9. a 電視　　　b 但是
10. a 捷運　　　b 決定

III. 聽與答

A.

1. 放假他打算在家看影片學中文。
2. 放假他打算去花蓮玩。
3. 他打算星期六上午回國。

B.

1. 美美的男朋友四月三十號來臺灣看她。
   Q：美美的男朋友什麼時候來看她？
2. 我上個星期五晚上去逛夜市。
   Q：他什麼時候去逛夜市？
3. 要是我有空，週末我一定要去貓空喝茶。
   Q：現在是星期二，他可能什麼時候去貓空喝茶？
4. 放假的時候，我有時候出去玩，有時候在家看電視。
   Q：放假的時候，他做什麼事？

C.

1. 女：田中，放一個星期的假，你想去哪裡？
   男：不知道。
   女：你可以問你女朋友啊！
   男：可是，她在日本。
2. 女：四月十號，我要跟家人去旅行。
   男：去哪裡？
   女：還沒決定。
3. 男：月美，放假的時候，妳做什麼事？
   女：有時候去圖書館，有時候在家寫功課。
   男：妳不出去玩嗎？
4. 女：安同，你知道哪個夜市比較有名嗎？我想去逛逛。
   男：我家附近的夜市很有名，我帶妳去。
   女：好！謝謝你。
5. 男：聽說貓空可以喝茶，風景也很美。
   女：是啊。我們下個星期天去，怎麼樣？
   男：太好了。我也想帶女朋友一起去。
   女：沒問題。

VIII. 寫漢字（同寫漢字答案）

第十課
臺灣的水果很好吃

、教學目標

Topic：人或物件外貌 The Appearances of People and Things
讓學生學會用簡單的中文描述人的外貌。
讓學生學會用簡單的中文描述食物的色香味。
讓學生學會用簡單的中文解釋原因或說明理由。
讓學生學會用簡單的中文表達狀態改變的情況。

貳、教學重點

一、暖身活動

1. 從食物入手，問學生喜歡或不喜歡哪些臺灣食物。
2. 進入描述食物的色香味（可展示實物或圖片），複習以前學過的食物名稱：咖啡、茶、包子、小籠包、甜點、臭豆腐、牛肉麵等，以及味道：臭、辣、好吃、好喝，到這一課的水果（芒果、西瓜），以及味道（香）、顏色（紅、黃），配合語言形式：比較、比、又…又…。

二、詞彙解說

1. 本課的「塊」與L4的「幾塊（錢）」的「塊」是同形異義詞。
2. 本課的「給」是動詞，與「打電話給我」的「給」不同。
3. 本課的「吧」用於猜測語氣，與第三課用於建議語氣的「吧」不同。教師可提出做比較，也是複習。

4. 注意「矮」的使用，僅用於形容人的身高（外貌）。本課用於客觀描述一個人的外貌時，沒有貶意，但一般用來描述人時，「他很矮」帶有貶意，婉轉的說法為「他不（太）高」。

5. 「往」後加方位詞「上、下、前、後、裡、外」再接動詞，例如：往外看。

三、語法重點提示及練習解答

1. V V看 kàn *to try and see*

   (1) 注意與 L6 的「VV」比較，讓學生分辨兩者在功能、語義和結構上的差異以及何時可互換，何時不能。

   (2) 單音節動詞重疊加上「看」後，說話語氣即帶有嘗試的意涵。但須注意哪些單音節動詞能重疊。

2. Intensification with Reduplicated State Verbs

   (1) 注意這裡只談單音節形容詞的重疊，暫不討論雙音節的。另外，注意哪些形容詞可以重疊。不能跟程度副詞共現。

   (2) 注意正面和負面形容詞重疊時的語意表現。

   (3) 結構容易但要注意其使用情境，何時重疊，何時不重疊。

3. Clause as Modifiers of Nouns

   對有些國家的學生來說，這個結構較難、較複雜，使用對比來提高學生對這個結構的意識，也需要大量的練習，所以在後面的課室活動提供比較多的練習。漢語所有的修飾語規則都一樣，不管是句子、名詞、形容詞或動詞，都擺在修飾名詞的前面，修飾名詞前再直接加一個修飾記號「的」。

4. Change in Situation with Sentential 了 le

   注意這課談的是句尾的「了」，表示狀態改變，有新的情況發生。

5. Cause and Effect with 因為 yīnwèi⋯， 所以 suǒyǐ⋯

   雖然在實際口語中，「因為」和「所以」不一定都要出現，但是本課先讓學生熟悉兩者可以共現的基本句式（在英文中不能共現），所以先讓學生說完整句子。

● 語法練習解答一

| 吃、喝、學、做、問、打、寫、穿、做、聽 |

1. 他做的牛肉湯很香，你 __喝喝看__ 。
2. 我覺得這些音樂很不錯，請你 __聽聽看__ 。

3. 這個甜點很好吃，你要不要＿＿吃吃看＿＿？

4. 書法很美，你想＿＿寫寫看＿＿嗎？

5. A：有空的時候，我可以去看看你們的書法課嗎？

　　B：應該可以，可是我得＿＿問問看＿＿。

語法練習解答二

1. 那個先生高高的。

2. 這塊西瓜甜甜的。／這塊甜甜的西瓜，真好吃。

3. 這碗牛肉麵熱熱的。／這碗熱熱的牛肉麵，真香。

4. 一個大大的房子。

5. 這些衣服舊舊的，她不喜歡。／她不喜歡舊舊的衣服。

6. 這個東西臭臭的，他不喜歡。

語法練習解答三

1. 他朋友給他一個包子，那個包子很好吃。

　　→他朋友給他的那個包子很好吃。

2. 這支手機能上網。這支手機有一點貴。

　　→這支能上網的手機有一點貴。

3. 這些甜點很香。他做這些甜點。

　　→他做的這些甜點很香。

4. 他在喝茶。我也喜歡喝那種茶。

　　→我也喜歡他在喝的那種茶。

語法練習解答四

1. 我家現在很乾淨了。

2. 車票貴了。

3. 這個學生想學中文了。

4. 這個先生不想寫書法了。

語法練習解答五

1. 我很喜歡中國古代的東西。我去參觀故宮。

　　→因為我很喜歡中國古代的東西，所以去參觀故宮。

2. 我不想買那支手機。那支手機不能照相。

　　→因為那支手機不能照相，所以我不想買。

3. 我一定要去看看。我聽說花蓮的風景很美。

　　→因為聽說花蓮的風景很美，所以我一定要去看看。

4. 我剛開始學中文。我的中文說得不好。

　　→因為我剛開始學中文，所以我的中文說得不好。

四、課室活動練習說明及解答

1. 第一個活動：主要在練習關係子句，以及「因為…所以…」還有「比較」。兩個句子可以分開，先不必注意句子連接的問題，主要讓學生先熟練說出完整的句子。

　(1) 學生可以自由發揮，表達不同的看法，但是因為詞彙有限，學生在說明原因時，可能會有點困難，無法表達真正想說的意思，所以教師可以先給一些提示（請見下面參考解答），另外也提醒學生就目前學過的詞彙來表達即可，主要是複習以前學過的生詞和句型。

　　圖六：兩種顏色的西瓜，學生可能沒吃過黃色的西瓜，所以比較難回答，教師可以視情況跳過這一題，或是介紹臺灣也有黃色的西瓜。

　　圖八：「什麼衣服」問的應該是樣式，不過還沒學過「件」，所以不能問「哪一件衣服」（還沒學過衣服的量詞「件」，教師視情況補充）。

　(2) 教師視時間調整如何實施 task 2。

2. 第二個活動：主要在練習句尾「了」。

　　答案是肯定的人才寫下該生的名字，如果是否定的，就不必寫。

　　因為詞彙有限，學生在說明原因時，可能會有點困難，無法表達真正想說的意思，所以教師可以先給一些提示，提醒學生就目前學過的詞彙來表達即可，主要是複習以前學過的生詞和句型。

3. 第三個活動：

　　注意事項同上。先提醒學生，再讓學生兩兩討論，之後再一起討論。這裡除了在練習語言外，也在引導學生思考文化／社會現象，讓學生對臺灣有更多的了解。

● 課室活動練習解答一

任務一

1. 我覺得穿紅衣服的先生比較好看。

　　因為他很高，所以我覺得他比較好看。

2. 我覺得在海邊拍的照片比較漂亮。

　　因為在海邊拍的照片風景很美，所以我比較喜歡那張照片。

3. 我比較想看安同在看的那個電影。
   因為那個電影比較有意思，所以我喜歡。
4. 我比較想去人少／人很多的地方玩。
   因為我喜歡人少的地方／人少的海邊比較舒服；人很多的海邊比較有意思／跟很多人
   一起玩比較有意思，所以我想去那裡玩。
   ／因為人少的地方沒有意思，所以我不想去那個地方。
5. 我比較想去賣小籠包的那家店吃飯。
   因為我喜歡吃小籠包，所以我想去那家店。
6. 我（比較）喜歡吃紅色的西瓜。
   因為紅色的西瓜比較甜／黃色的西瓜不甜，所以我喜歡吃紅色的西瓜。
7. 我比較喜歡喝熱咖啡。
   因為熱咖啡比較香／熱熱的咖啡比較好喝，所以我喜歡。
8. 我（比較）喜歡穿藍色／紅色的衣服。
   因為我喜歡藍色／紅色比藍色好看，所以我喜歡穿藍色／紅色衣服。
9. 我比較想住山上／海邊。
   因為山上的風景比較美／我很喜歡海，所以我想住山上／海邊。
   （以上為參考答案）

任務二
依實際情況回答。

● 課室活動練習解答二

任務一
依實際情況回答。
任務二
我的朋友會說中文了。／我的朋友現在喜歡吃臭豆腐了。（參考答案）

● 課室活動練習解答三 （參考答案）

1. 為什麼很多人到臺灣來學中文？
   因為臺灣又方便又舒服／風景很漂亮、人很好⋯，所以⋯
2. 為什麼現在學中文的人比以前多？
   因為很多人想去中國。
3. 在臺灣，為什麼很多人不常在家吃飯？
   因為在外面吃飯又便宜又方便。

4. 在臺灣，為什麼很多人喜歡去夜市？
   因為那裡的東西又多又便宜。

5. 在臺灣，為什麼很多人騎機車？
   因為騎機車又方便又便宜。

五、文化參考與補充

顏色的文化意義

　　這裡介紹三種顏色在中國文化中的意義。

　　首先是紅色，代表喜慶和吉祥，中國一般傳統婚禮的服裝和所有的相關物品都是紅色的，去參加婚禮時會給新人「紅包」；春節時貼的春聯、福字也是紅色的，過春節時大人會給小孩「紅包」。

　　紅色代表喜悅和出生；白色則代表死亡。喪禮上家屬穿白色服裝，也看得到白色的相關物品。去參加喪禮要給喪家「白包」。但現在受到西方的影響，新娘婚禮時會穿白紗。在西方和日本文化中，白色的意義是純潔，在中國文化中，白色也有純淨的意思。

　　最後是黃色，以前和現在的意義差別相當大。在中國的封建時代，黃色是皇家專用的顏色，很尊貴的顏色，皇帝穿的衣服就叫「黃袍」。在現代中國沒有皇族了，「黃色」卻因其特殊的演變，居然有了「色情」的意思，所謂的「黃色書刊」就是色情書刊。

、學生作業本參考解答

I. 聲調辨識

1. 西瓜 xīguā	2. 弟弟 dìdi	3. 機會 jīhuì	4. 衣服 yīfú	5. 乾淨 gānjìng
6. 以前 yǐqián	7. 窗戶 chuānghù	8. 開心 kāixīn	9. 芒果 mángguǒ	10. 這些 zhèxiē

II. 選出對的發音

　　1. a　2. b　3. b　4. a　5. a　6. b　7. b　8. a　9. b　10. a

III. 聽與答：聽聽他們說說他們的生活

A. 對的打〇，錯的打×

　　1. ×　　2. 〇　　3. ×　　4. 〇　　5. 〇

B.聽聽看下面哪一個回應是適當的？
　　1. c　　2. b　　3. a　　4. b

C.聽對話，下面句子對的打〇，不對的打╳
　　1.〇　　2.╳　　3.╳

IV. 對話配對練習
配合題
　　1. G　　2. H　　3. A　　4. D　　5. E　　6. C　　7. F　　8. B

V. 閱讀理解：明華的日記
讀完後，看看下面的句子對不對，對的打〇，不對的打╳。
　　1.〇　　2.〇　　3.╳　　4.╳　　5.〇　　6.╳　　7.╳　　8.╳

VI. 填充
填入對的字
　　A：你覺得那個男的怎麼樣？
　　B：哪一個？
　　A：b.往前看，i.穿藍衣服的那個，高高的。
　　B：他啊，你g.說的那個人叫王大明。
　　A：你為什麼知道他的名字？
　　B：因為他a.住在我家附近，所以我們常常一起運動。對了，他明天要l.到學校打球，
　　　　你要不要一起來？
　　A：真的嗎？太好了！這麼好的機會！你明天可以幫我們照相嗎？我覺得他k.笑的時
　　　　候特別好看。
　　B：沒問題！我可以幫你們j.拍很多張照片。

VII. 一切都變了嗎？（hint：用「了」）
　　1.他以前很喜歡上網，可是現在不喜歡了。
　　2.他以前不會做甜點，可是現在會做了。
　　3.我上個月有書法課，可是這個月沒有了。
　　4.我上個月每個星期都去故宮參觀，可是這個月不想去了。
　　5.以前有手機的人不多，可是現在很多了。

VIII. 合併句子（請用「S 的 N」合併句子）
　　1.那個穿黃衣服的人不太開心。
　　2.他在看的這個影片很有意思。
　　3.他上個月去的那家旅館不錯。

4. 他給我的這種茶又香又好喝。

IX. 寫漢字（配合聽、看再寫）
1. 我們住的旅館又便宜又乾淨。
2. 這個水果香香的、甜甜的。
3. 穿紅衣服的那個男的笑得很開心。
4. 我以前沒有機會來這裡，現在有了。
5. 因為我很會照相，所以拍的照片都不錯。

X. 哪一家旅館比較好？
　　你下個月放一個星期的假，你和你朋友打算去旅行，現在你們在找旅館，下面這兩家旅館都不錯，應該去哪一家呢？
（參考答案）因為我們比較喜歡山上，老闆能帶我們去玩，所以我們決定去旅館1。

XI. 寫作練習：請依照你的學習狀況寫作。（自由題）
A. 請寫寫你為什麼學中文？
B. 你在臺灣學英文。現在你來臺灣了，也會說中文了，你想你的決定對不對？為什麼？

聽力測驗文本
II. 選出對的發音
1. a 住　　　　b 去
2. a 小　　　　b 少
3. a 藍　　　　b 男
4. a 往　　　　b 晚
5. a 笑　　　　b 叫
6. a 學校　　　b 水果
7. a 黃色　　　b 紅色
8. a 結束　　　b 決定
9. a 茶館　　　b 旅館
10. a 因為　　　b 音樂

III. 聽與答
A.
1. 男：我會說中文了，真開心。
　 Q：他以前也會說中文。
2. 男：我最近比較不常去游泳了。
　 Q：他以前大概常去游泳。

3. 男：那個穿黃衣服的小姐是我太太。
　　Q：他太太穿紅衣服。
4. 男：我很喜歡我現在住的地方，從窗戶往外看，是漂亮的山。
　　Q：他家附近有山。
5. 男：因為我朋友覺得我在日本拍的照片都非常美，所以他想去日本旅行。
　　Q：他在日本拍的照片大概都拍得不錯。

B.
1. 這個紅色的水果叫什麼？
2. 聽說他們的音樂都很好，要不要去聽聽看？
3. 誰是老闆？
4. 他為什麼不開心？

C.
1. 女：臺灣的捷運又乾淨又舒服，你一定要去坐坐看。
　　男：要是我去臺灣，就一定去坐。
2. 女：為什麼現在去那個地方玩的人比較少了？
　　男：因為去那裡的車票貴了，所以大家不太想去了。
3. 女：你昨天說你很想買機車，為什麼今天不想買了？
　　男：我爸爸不給我錢。

IX. 寫漢字（同寫漢字答案）

第十一課 我要租房子

 壹、教學目標

教學目標

Topic：租房子 Renting a Place

讓學生學會用簡單的中文談論跟租房子有關的事。

讓學生學會用簡單的中文介紹附近的居住環境。

讓學生學會用簡單的中文對人（例如房東）提出要求。

壹、教學重點

一、暖身活動

問學生喜不喜歡臺灣？為什麼？喜不喜歡現在住的房子？為什麼？怎麼找到現在住的房子？有沒有室友？然後帶出相關詞彙，如房租、客廳、浴室等。

二、詞彙解說

1. 左邊、右邊跟「旁邊」一樣，都只能用「邊」，不能說「左面」，可是「前面」也可以說「前邊」（當然可以說，但意思不同，在此不提）。

2. 比較「分鐘」和「分」。

3. 「空」有兩個發音，「有空」和「空房間」，學生第一次碰到多音字，可以說明一下。

4. 本課的「給」（打電話給你）跟L10的「給」（給你一塊西瓜）不同，注意讓學生區別。但目前介詞的「給」只出現「打電話給你」這一個用法，因此不須做太多說明。

三、語法重要提示及例句補充

1. To Come to Do Something with 來 lái

「來＋VP」和L3的「去＋VP」基本上功能相同，表示「來」做什麼、「去」做什麼，不同在於發話地點和行為發生地點的位置相對關係，行為發生地點與發話地點一致或朝發話地點方向，就用「來」，反之用「去」。

2. Sooner Than Expected with 就 jiù

(1)「就」，屬高頻副詞。有很多用法，可用於單獨句子，用在陳述時間或地點時，表比預期早發生或到達。也可用於因果複句，如L9的「要是…就」。本課是第二個出現的「就」，注意區別。

(2)「就」表示說話者對該事件的態度，注意讓學生知道出現的情境。

(3) 這個用法常會與「了」共現，這個「了」跟L11狀態改變的「了」不同，可以將「就…了」視為一個句式。

3. Existential Subject with 有 yǒu

漢語的主詞，常為定指的名詞，遇不定指時需加「有」。這個結構是學生學習難點，學生常會忘了用「有」，要注意引導其使用情境。

4. Different Types of 會 huì

用意在整理與複習所學過的「會」：L5 表習得技能的「會」與本課表未來可能的「會」，幫助學生區辨同一個字的不同意思或用法。這裡沒加上跟「能」、「可以」的比較，怕學生混淆，但教師可以視學生情況補充。

5. Omitting Nouns at 2nd Mention

大部分的語言都有省略的現象，但省略的情況不太一樣，注意引導學生對比中文與其母語的省略情況。

省略是篇章連貫的重要方式之一，這個語法點的用意主要讓學生開始注意中文篇章連貫的情況，往後的幾課都應該隨時提醒學生關於省略的用法。

● 語法練習解答一

1. 星期六我們可以一起　來圖書館看書　。
2. 這個週末，我不　來打棒球　。
3. 你有空的時候，常　來喝咖啡　嗎？
4. 貓空的風景很美，我有時候　來喝茶　，有時候　來吃晚飯　。

● 語法練習解答二

1. 那個地方，坐捷運去比較快，十分鐘　就到了　。
2. 他今天沒課，下午三點　就回家了　。

3. 她剛打電話給我，她說老師等一下___就來了___。

4. 今天是三月十二號，他三月十五號___就回國了___。（回國）

●語法練習解答三

1.②①④③　　　　　　　有一個學生在唱歌。

2.①③④②　　　　　　　有一個小姐在大樓前面照相。

3.②①⑤③④／⑤②①③④　有人今天早上打電話給你。／今天早上有人打電話給你。

4.②③④①⑤／③④②①⑤　明天有人來接我嗎？／有人明天來接我嗎？

●語法練習解答四

	會1：知道怎麼做一件事	會2：以後
A. 我姐姐「會」做甜點。	（　✓　）	（　　）
B. 他等一下就「會」去看電影了。	（　　）	（　✓　）
C. 我弟弟已經「會」騎機車了。	（　✓　）	（　　）
D. 我跟女朋友明天「會」去日本旅行。	（　　）	（　✓　）
E. 他「會」寫書法，可是寫得不太好。	（　✓　）	（　　）

●語法練習解答五

1.

(1) 要是那時候我有空，（　我　）就跟你們一起去。(L9)

(2) 我以前不喜歡吃水果，（　我　）現在很喜歡了。(L10)

2.

(1) A：那種手機很好，我哥哥有一支（　手機　）。

　　B：（　那種手機　）貴不貴？一支（　手機　）賣多少錢？(L4)

(2) a.我們　b.牛肉麵

　　A：牛肉麵真的這麼好吃嗎？

　　B：是的。牛肉好吃，湯也好喝。

　　A：（　b.牛肉麵　）這麼好吃，我想吃吃看。

　　B：明天我們去吃。（　a.我們　）一定要點大碗的（　b.牛肉麵　）。(L4)

3. a.我　b.你們　c.我們

　安同：我想跟朋友去玩。

田中：不錯啊，（　b.你們　）去什麼地方？

安同：花蓮。（　a.我　）聽說那裡的風景非常漂亮。

田中：我也聽說。放假的時候，你常去旅行嗎？

安同：不一定，（　a.我　）有時候在家寫功課，有時候出去玩。

田中：你們什麼時候去花蓮？

安同：（　c.我們　）這個星期六下午去。

田中：（　b.你們　）去玩多久？

安同：（　c.我們　）大概玩四、五天。（L9）

四、課室活動練習說明及解答

1. 第一個活動：請學生看安同拍的照片，然後用存現句的「有」寫句子。

2. 第二個活動：學生能聽懂房子裡的設計和設備，學生只要能標示出房子的門、浴室、客廳、廚房、房間在哪裡，就可以了。因為還沒學家具名稱，所以先不必涉及家具擺設。

3. 第三個活動：這個故事的用意在讓學生能進到篇章層次，讀懂篇章並且產出段落。引導學生接著寫完這篇小文章，也在複習之前學過的生詞和語法。可以讓學生課後先想想或上課時間討論。上課分享，可以比賽誰說的故事更長或是誰說的更有意思。

這篇文章的情境是李大同現在覺得很無聊，不知道要做什麼，要請大家幫他想想，所以接下來的段落可以是他想到可以去什麼地方、怎麼去、跟什麼人、做哪些活動，玩得很開心，或打電話約朋友可是大家都沒空，所以最後他回家，一個人在家吃東西、看電視。

4. 第四個活動：學生能讀懂跟租房子有關的訊息。

5. 第五個活動：學生能練習向房東提出問題並解決問題。

● 課室活動練習解答一

1. 有一個學生在學校打籃球。

2. 有兩個人在餐廳裡喝咖啡。

3. 有一個小姐在客廳裡唱歌。

4. 有兩個人在KTV前面喝珍珠奶茶。

● 課室活動練習解答二

（略）

● 課室活動練習解答三

自由回答。

● 課室活動練習解答四

1. 租這個房子一個月要多少錢？　答：一萬五千塊。
2. 租這個房子，可以做飯嗎？　答：可以，因為有廚房。
3. 要是我想看房子，應該打電話給誰？打哪個電話？
   答：王太太。02-73889012，0988123456。
4. 什麼是「衛浴」？　答：就是浴室。
5. 你現在住的房子比這個房子好嗎？
   答：（參考）
   我現在住的房子不比這個房子好，因為不能做飯／不能上網／沒有電視／附近沒有捷運站。
   我現在住的房子比這個房子好，因為比較便宜。
6. 要是你想租房子，你會租這個房子嗎？為什麼？
   答：自由回答。

● 課室活動練習解答五

自由回答。

五、文化參考與補充

在臺灣租房子

在臺灣出租房子雖然能透過仲介出租，但是一般來說，房東自行招租的情形更為普遍。因此在臺灣租房子更像是一個「自由市場」，也就是說，房租即使有所謂的「行情價」，但是最終的價格還是由房東自己決定，不過房客也能跟房東講價。所以租房子時得一間一間看，比價錢外，也跟房東談價錢，只要雙方達成協議，寫在租屋契約書上，就有法律效力。另外，一般來說，房東也不會要申請費，也不會對房客收「背景調查費」（background screening fee），可是會收兩個月左右的押金，但是不會先收最後一個月的房租。

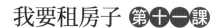

 、學生作業本參考解答

I. 聲調辨識

1. 客廳 kètīng	2. 電話 diànhuà	3. 超市 chāoshì	4. 房間 fángjiān	5. 走路 zǒulù
6. 浴室 yùshì	7. 不過 búguò	8. 問題 wèntí	9. 回去 huíqù	10. 熱水器 rèshuǐqì

II. 選出對的發音

1. a　2. b　3. a　4. b　5. b　6. a　7. b　8. a　9. b　10. b

III. 聽與答：有人要跟我出去嗎？

A. 聽，選出適合的回應。

1. b　2. b　3. a　4. b　5. c

B. 聽對話，選出對的答案。

1. a　2. b　3. c

C. 聽聽一段對話，看下面哪個對？對的打〇，不對的打×。

1. ×　2. 〇　3. 〇　4. ×

IV. 閱讀理解

A. 下面有四個出租廣告，有三個人想租房子，請看看廣告，幫他們找到適合的家。

1. A　2. C　3. D

B. 大美和小明的第一次約會。

請先看看這段對話，然後再完成後面的題目。

1. 看下面敘述哪個對？對的打〇，不對的打×。

(1) 〇　(2) ×　(3) 〇　(4) 〇　(5) 〇

2. 對話中，有很多略去的部分。你知道這些部分原來是什麼嗎？請幫(A)(B)(C)……找到原來的部分。

我	你	我們	電影	賣票的人
(A)(B)(C)	(F)	(E)	(G)	(D)

V. 填充

A. 田中和如玉在談他們的臺灣生活，填入適當的詞完成他們的對話。

如玉：田中，歡迎歡迎，請進。明華呢？

田中：他得去銀行，等一下就來。妳家<u>客廳</u>真漂亮！月美呢？

如玉：她去<u>超市</u>買東西，<u>已經</u>去一個鐘頭了。她真的很喜歡逛超市。

田中：妳買電視了啊？

如玉：對啊，上個星期買的。我還想<u>裝</u>有線電視，就可以看很多中文影片。

田中：妳真喜歡學中文。妳來臺灣半年了，習慣了嗎？

如玉：差不多都習慣了。臺灣比美國方便，去銀行、超市、捷運站，都很近，<u>走路</u>十分鐘就到了。你呢？

田中：我也差不多都習慣了，<u>不過</u>，有一個小問題，我不太習慣這裡吃的東西。

如玉：對了，我現在也有一個小問題，我家的熱水器<u>好像</u>有問題，可以幫我看看嗎？

田中：沒問題。

（第十一課開始練習寫字）

B. 請把前面的詞放入適當的位子。

1. a 2. b 3. c 4. b 5. c 6. b 7. b 8. b

VI. 重組

1. 後天有學生去接你嗎？
2. 坐高鐵去那裡兩個鐘頭就到了。／去那裡坐高鐵兩個鐘頭就到了。
3. 下個月我會跟我女朋友一起去參觀故宮。／我下個月會跟我女朋友一起去參觀故宮。
4. 要是你想租房子，我家還有兩間空房間。

VII. 寫漢字（從此課開始沒有聽力，直接看拼音寫漢字）

1. 走路十分鐘就到了。
2. 有一個小姐在客廳裡。
3. 房東昨天收到你的房租了。
4. 你同學說回去再打電話給你。
5. 左邊是我的房間，右邊是林先生的。

VIII. 寫作練習（自由題）

A. 月美在 Facebook 上寫她最近碰到的一個問題，問問大家怎麼辦？
B. 根據你現在租屋的情況寫短文。

聽力測驗文本

II. 選出對的發音

1. a 還　　　b 來

2. a 香　　　　b 想
3. a 會　　　　b 貴
4. a 穿　　　　b 裝
5. a 學校　　　b 好像
6. a 左邊　　　b 昨天
7. a 一定　　　b 已經
8. a 房租　　　b 房子
9. a 喜歡　　　b 習慣
10. a 窗戶　　　b 廚房

III. 聽與答

A.

1. 你後天會帶我去看房子嗎？
2. 你想不想租這間房間？
3. 不好意思，他等一下就來了。
4. 從這裡到超市遠不遠？
5. 我明天會去參觀故宮博物院，有沒有人想跟我一起去看看？

B.

1. 男：有沒有人要跟我去貓空喝茶？
　女：不好意思，我們都沒空。
　Q：聽他們說的話，下面哪一個對？
2. 男：陳小姐在嗎？
　女：不好意思，她不在。
　男：沒關係，那我明天再來找她。
　Q：這個先生怎麼樣？
3. 男：小美為什麼還不來？
　女：她剛打電話給我，說她等一下就到了。
　男：等一下？多久？她每次都這麼慢。
　女：我不知道，大概五、六分鐘吧！
　Q：聽他們說的話，下面哪一個對？

C.

　女：喂，你在哪裡？
　男：在家啊，妳呢？
　女：我在學校。你晚上有事嗎？
　男：有，我要去我同學家吃飯。
　女：你什麼時候有空跟我去看電影？
　男：我不知道，明天再打電話給妳。

第十二課
你計畫在臺灣學多久的中文？

、**教學目標**

Topic：學習、工作 Study, Work
讓學生學會用簡單的中文說出他的讀書計畫和未來計畫。
讓學生學會用簡單的中文談論兩個事件的先後順序。
讓學生學會用簡單的中文描述過去的活動和個人經驗。

（貳）、**教學重點**

一、暖身活動
1. 問全班同學：
你計畫在臺灣學多久的中文？／你計畫在臺灣學中文學多久？
（直接切入主題並複習 L9 相關語法）
2. 視狀況再問：為什麼學這麼久？／只學這麼短的時間？

二、詞彙解說
1. 計畫與計劃：常有學生問哪一個才對？針對此可做如下的說明：
(1) 畫，《說文解字》說：「畫，界也。從聿，象由四介，聿所以畫之。…劃…亦古文畫。」《說文解字》把「劃」當作是「畫」的古文。（此只給教師參考，可不必跟學生說明。）
(2)《辭海》與教育部《重編國語辭典》在解釋「計畫」時，皆註明與「計劃」一詞相同。但公文格式規定：「計畫」當名詞用；「計劃」當動詞用。
由上，「計畫」、「計劃」可通用，但公務員公文往來時，就依公文格式寫。

2. 需要與須要

(1)「需要」是動詞，強調不可缺少的事物，後跟「名詞」。

(2)「須要」是助動詞，「一定要」的意思，用於行動，後跟「動詞」。

例句：

需要：學中文需要很多時間。

須要：學中文須要寫很多漢字。

參考網站：每日一字 http：//www.youtube.com/watch？v=gAsqts6Tkak

3.「替」是介詞，此課沒列入語法點，將於第二冊時會再詳細說明，本課介紹詞彙時，可與 L4 的「幫」做比較。

例句：請替我買一瓶水。

你可以先替我付這個月的房租嗎？

4. 強調「去年」、「昨天」，避免學生泛化成「昨年」。

5.「跟」是介詞，在本課也當 with 用，與 L8 同。

6. 統整 L6「找 1」（to meet），和此課「找 2」（to look for），並舉例說明。

7.「試試看」不能說成「試看看」，順便複習 L10「VV 看」的語法。

三、語法重點提示及練習解答

1. 先 xiān … 再 zài … *first..., and then ...*：只描述先後連續的動作，不強調動作是否完成，過去、未來都能用。

2. To Focus with 是 shì … 的 de：強調過去事件的主要信息焦點。信息焦點可以是主詞、時間、地方、方式，偶而是動詞，但不會是受詞。「是」有時可以省略。常做為何時、何地、何人、怎麼的問題詢問。

強調其否定結構，如：她不是在家看書的，學生常說成：她是不在家看書的。須多舉例說明。

3. 以後 yǐhòu *after...*：本課出現在兩個地方，皆當名詞，但有兩種功能。在對話一單獨使用時，為時間詞，對話二做為連接兩個相關事件。提醒學生：「時點、時段、事件」一定置於「以後」之前。

4. Special Meanings of 好 hǎo／難 nán＋Verbs：「好」和「難」跟感官動詞結合時，變為一個詞（詞彙化）。跟動作動詞結合時，是容易、困難的意思。兩種結構都可讓程度副詞如：「很」修飾。

比較：L5　她做菜做得很好。　　（好：Vs）

　　　L12　她做菜做得很好吃。　　（好：Adv。「好吃」已詞彙化）

　　　　　她覺得寫中國字很難。（難：Vs）

　　　　　她覺得中國字很難寫。（難：Adv）

● 語法練習解答一

1. 我每天先<u>上網</u>，再寫功課。
2. 他想先<u>打球</u>，再回宿舍。
3. 我常先<u>吃甜點</u>，再喝咖啡。
4. 我今天晚上要先<u>吃飯</u>，再<u>吃水果</u>。
5. 他們明天打算先去 <u>KTV 唱歌</u>，再去<u>看電影</u>。

● 語法練習解答二 （參考答案）

1. A：他是什麼時候去學校的？　　B：他是<u>七點半去學校</u>的。
2. A：他們在哪裡吃飯？　　　　　B：<u>他們是在餐廳吃飯的</u>。
3. A：她怎麼去上班？　　　　　　B：<u>她是坐捷運去（上班）的</u>。
4. A：她跟誰去買高鐵車票？　　　B：<u>她是跟媽媽去（買高鐵車票）的</u>。
5. A：學費是誰付的？　　　　　　B：<u>學費是公司／老闆付的</u>。

● 語法練習解答三

自由回答。

● 語法練習解答四 （參考答案）

1. 中國書法很好看。
2. 越南菜很好吃。
3. 日本茶很好喝。
4. 這個歌很好聽。／他們唱歌唱得很好聽。
5. 中文<u>不難學</u>。
6. 小籠包很難做。
7. 「天」這個字很好寫。
8. 工作很難找。

四、課室活動練習說明及解答

1. 第一個活動：
   (1) 藉由小美的記事本，讓學生了解「先……再……」的用法。
   (2) 答完題後，可讓學生就表格衍生句子，如：小美先去聽音樂再去看電影。

2.第二個活動：

　(1) 請同學兩人一組，看圖一問一答。

　　　如：A：大朋的咖啡是在哪裡買的？

　　　　　B：大朋的咖啡是在那家便利商店買的。

　(2) 請同學帶幾張照片到學校，並用「是…的」介紹。

　　　如：這張照片是在 101 大樓前面照的。

3.第三個活動：請同學到前面，說說自己在臺灣的學習計畫及將來的工作計畫。或請同學問相關問題，由上台者回答，也可在說完後，問在座的同學你所說的內容。

4.第四個活動：跟同學分享自己過去的工作經驗，說完後，可問同學或同學問你一些問題。

課室活動練習解答一

1.T　　2.F　　3.F　　4.T　　5.T

課室活動練習解答二

任務一

1.問：大朋的咖啡是在哪裡買的？大朋的咖啡是在那家便利商店買的。

2.問：他是怎麼來／去學校的？他是坐公車來／去學校的。

3.問：他是什麼時候上中文課的？他是 10 點上中文課的。

4.問：他是跟誰一起吃飯的？他是跟他女朋友一起吃飯的。

5.問：吃飯的錢是誰付的？吃飯的錢是大朋付的。

任務二
自由回答。

課室活動練習解答三

自由回答。

課室活動練習解答四

自由回答。

五、文化參考與補充

職場上的稱呼

中國人注重禮儀,在工作環境中也是一樣。一般職場稱呼有不同的方式,最常見的稱呼方法是「職務性」的稱呼,如:「經理」、「王經理」、「教授」、「李教授」。或是「學術性」的稱呼,如:「博士」、「陳博士」、「陳月文博士」、「文學博士陳月文」。或者是按其行業稱呼,如:「張老師」或「王議員」。對於不確定是什麼職務、行業者,一般統稱「小姐」、「女士」、「先生」。

臺灣人對隱私的範圍不同

臺灣人有時會問別人在哪兒上班、薪水多少?結婚了嗎?幾個孩子?男孩?女孩?臺灣人認為這是表示對人關心、拉近彼此距離、聯絡感情的方式,並非探人隱私。其實很多臺灣人也許還沒有「隱私」這個觀念,所以他們並不覺得不妥。

參、學生作業本參考解答

I. 聲調辨識

1. 計畫 jìhuà	2. 需要 xūyào	3. 加油 jiāyóu	4. 時間 shíjiān	5. 以後 yǐhòu
6. 國家 guójiā	7. 去年 qùnián	8. 公司 gōngsī	9. 語言 yǔyán	10. 獎學金 jiǎngxuéjīn

II. 選出對的發音
1. b 2. a 3. a 4. b 5. a 6. b 7. a 8. b 9. a 10. a

III. 聽與答:聽聽看他們說什麼?
A. 請標出他們計畫的順序。
　　1. a, b　　2. b, a　　3. b, a

B. 聽對話,下面句子對的打〇,不對的打✕。
　　1. ✕　　2. 〇　　3. 〇　　4. 〇

C. 聽完對話後,請選出對的答案。
　　1. c　　2. b　　3. b　　4. a　　5. b

IV. 對話配對練習
配合題
　　1. C　　2. D　　3. E　　4. A　　5. H　　6. G　　7. B　　8. F

V. 閱讀理解：這是我給美國朋友的建議，請看完後，回答下面的問題。
1. 她想在臺灣找工作。
2. 她計畫先在語言中心學一年（的中文），再找工作。
3. 因為她知道要是她會說中文，工作就比較好找。
4. 學費是她爸爸替她付的。
5. 我覺得她應該學兩年的中文。

VI. 把適當的詞放入適當的地方
1. 他是昨天晚上跟朋友去逛夜市的。
2. 我是在學校附近的書店買書的。
3. 你是怎麼知道明天不上課的？
4. 學費是你自己付的嗎？
5. 我不是在宿舍看書，是在圖書館看的。

VII. 重組
1. 學費是媽媽給我的。
2. 我先在語言中心念一年半的中文。
3. 我不是在那家公司工作的。
4. 我每天下課以後都覺得很累。
5. 我打算找有機會說中文的工作。

VIII. 寫漢字（直接看拼音寫漢字）
1. 你計畫在臺灣學多久的中文？
2. 我有獎學金，成績不好，就沒了。
3. 我的學費是公司替我付的。
4. 老闆希望我們都會說中文。
5. 好工作很難找，不過，我試試看。

IX. 完成對話
1. 我想先租房子，再找工作。（參考）
2. 你是什麼時候去他家吃晚飯的？
3. 你覺得中文難學嗎？
4. 不，我想先看電視再看書。（參考）
5. 是，每天下課以後我都會去運動。

X. 寫作練習
A. 寫寫你到一個新國家的經驗。
　　（自由題）。

B. 用學過的詞語和本課的語法寫一篇短文（差不多100個字）。
　　題目：我學中文的計畫
　　你要說到：學多久？在哪裡學？怎麼學？學完以後的計畫？（自由題）

聽力測驗文本
II. 選出對的發音
1. a 來　　　b 難
2. a 久　　　b 舊
3. a 替　　　b 地
4. a 年　　　b 念
5. a 大學　　b 大概
6. a 功課　　b 工作
7. a 希望　　b 西瓜
8. a 機會　　b 學費
9. a 生意　　b 成績
10. a 上班　　b 上課

III. 聽與答
A.
1. 我計畫先學一年語言再去上班。
2. 他計畫先回國再找工作。
3. 我計畫先在臺灣旅行，以後再學中文。

B.
1. 他不是昨天來臺北的，是今天來的。
2. 我是先坐捷運再走路到學校的。
3. 要是工作難找，我想去臺灣學中文。
4. 這杯咖啡是我朋友給我的。

C.
1. 女：你計畫在臺灣學多久的中文？
　　男：還沒決定，大概兩年。
　　Q：下面哪一個是對的？
2. 女：今天下課以後，你要做什麼？
　　男：我先去吃東西，再到圖書館看書。
　　Q：下面哪一個是對的？

3. 男：月美，妳是怎麼來學校的？
　女：我先坐公車再坐捷運。安同，你呢？
　男：我走路來的，我家在學校附近。
　Q：下面哪一個是對的？
4. 女：我常常一個人去逛夜市。
　男：今天下課以後，我跟妳去。
　女：謝謝。可是我今天晚上有事。
　Q：下面哪一個是對的？
5. 女：伯母做的菜又好吃又好看。
　男：謝謝。妳會做菜嗎？
　女：會，可是做得很難吃。
　Q：下面哪一個是對的？

肆、教學範本

教學步驟概述：以每週上10堂課，每堂課50分鐘，每五天上完一課為教學範例。

課名	第十二課　你計畫在臺灣學多久的中文？		
主題	學習、工作		
教學目標	讓學生學會用簡單的中文說出他的讀書計畫和未來計畫。 讓學生學會用簡單的中文談論兩個事件的先後順序。 讓學生學會用簡單的中文描述過去的活動和個人經驗。		
教學資源	1. 每日一字 http://www.youtube.com/watch?v=gAsqts6Tkak 2. 老師自製字卡		
時間分配	教學活動或教學步驟概述		
第一天 第 一 小 時	暖場活動 複習與提問	一、聽寫生詞：對話一 二、問全班同學： 　你計畫在臺灣學多久的中文？ 　或，你計畫在臺灣學中文學多久？ 　（直接切入主題並複習L9相關語法） 　視狀況再問：為什麼學這麼久？ 　或，只學這麼短的時間？	（約10 mins） （約15 mins）

	詞彙解說與舉例	三、對話一 生詞介紹。 （約 25 mins）
		1. 老師自製對話一生詞PPT，每個生詞標上注音符號與漢拼，並寫上詞類與英譯。先帶領學生念，並糾音。
		2. 介紹生詞採用「詞群」的方式。就詞群中的生詞提問，答案也以詞群中的生字回答，並複習相關的舊生詞。
		3. 詞群以課文對話的句子為組合依據。
		詞群1：計畫／年／久／時間
		老師問A：你計畫在臺灣學多久的中文？
		我計畫在臺灣學兩年的中文。
		老師問B：A計畫在臺灣學兩年的中文，你呢？
		我計畫在臺灣學三個月的中文。
		老師問B：為什麼你只學三個月的時間？
		因為我要回國念大學。
		可再多問幾個學生，老師就不同的答案再繼續問。
		（以下詞群採相同模式練習）
		詞群2：先／語言中心／念／大學／需要
		詞群3：花／獎學金／成績
第一天 第二小時	詞彙解說與舉例	詞群4：學費／公司／替／付 （約 20 mins）
		詞群5：希望／以後／上班／念書／累／加油
		1. 練習對話一的語法。 （約 30 mins）
		2. 老師自製語言點PPT，包括要點、例句、練習。
		3. 老師解說功能後，問幾位同學問題，回答須用指定的語法回答。再將語法中的例句改成問句，讓學生回答，答案是例句。
	語法解說	(1)「先…再…」
		a. 解說：只描述先後連續的動作，不強調動作是否完成，過去、未來都能用。
		b. 你下課以前做了什麼事？（學生用「先…再…」回答）
		c. 將例句改以提問方式問學生。學生按照例句回答。
		d. 做練習（看圖說說看）。
		★回家功課
		寫作業簿的漢字練習與生詞填空，以及聽力練習1,2。
		預習對話二生詞。

第二天 第一小時	語法解說	(2)「是…的」 　a. 複習 (1)「先…再…」。 　b. 進行方式如 (1)。 　c. 以PPT呈現。
第二天 第二小時	對話一 練習	1. 老師領讀對話一，學生跟讀，學習老師的語氣、語調。 2. 學生分組兩兩練習對話一，教師在一旁巡視並糾音。 3. 針對課文詢問學生問題，學生最好能不看課本回答。 4. 從對話一出發延伸提問，如「你的學費也是公司替你付的嗎？」等。 5. 進行課室活動練習一、二。 ★回家功課 1. 角色扮演：針對對話一，指定學生扮演田中或是安同，學生用獨白的方式陳述。 　如：我是安同，我計畫在臺灣學五年的中文……。 2. 寫作業簿聽力練習。 3. 完成對話。
第三天 第一小時	複習 與提問 詞彙解說與 舉例	1. 聽寫對話二的句子，和對話二的生詞。　（約 15 mins） 2. 抽點幾個學生上台自述：　　　　　　　（約 10 mins） 　我是安同／我是田中 3. 對話二生詞介紹。　　　　　　　　　　（約 25 mins） (1) 老師自製對話二生詞PPT，每個生詞標上注音符號與漢拼，並寫上詞類與英譯。先帶領學生念，並糾音。 (2) 介紹生詞採用「詞群」的方式。就詞群中的生詞提問，答案也以詞群中的生字回答，並複習相關的舊生詞。 (3) 詞群以課文對話的句子為組合依據。 　詞群 1：工作／去年／已經（複習） 　詞群 2：跟／生意／希望 　（以提問方式進行，如對話一。）

第三天 第二小時	詞彙解說與 舉例 語法解說	詞群 3：找／這樣／國家 （約 20 mins） 詞群 4：試／試試看／那麼 以提問方式進行，如對話一。 語法練習 （約 30 mins） 3.「以後」 (1) 進行方式如(1)「先…再…」。 (2) 以 PPT 呈現。 ★回家功課 除了最後的短文外，寫完作業簿裡的練習。
第四天 第一小時	語法解說	4.「好／難V」 (1) 進行方式如(1)「先…再…」。 (2) 藉機複習前面 1, 2, 3 的語法。 (3) 以 PPT 呈現。
第四天 第二小時	對話二	1. 老師領讀對話二，學生跟讀，學習老師的語氣、語調。 2. 學生分組兩兩練習對話二，教師在一旁巡視並糾音。 3. 針對課文詢問學生問題，學生最好能不看課本回答。 4. 從對話二出發延伸提問，如「說說你國家的人為什麼要學中文？」等。 5. 進行課室活動練習三、四。 文化點小講解（職場上的稱呼）。 ★回家功課 1. 寫作業簿裡的短文。 2. 準備考試。
第五天	評量	複習 （約 20 mins） 1. 快速複習一下對話一和對話二內容。 2. 結合對話一和對話二的生詞，問學生問題（可輔以圖片），藉此加強對本課生詞的熟悉度。 考試 （約 80 mins）
回家功課	教師依照教學進度，配合課本語法點與作業簿分配作業。	

第十三課
生日快樂

、教學目標

Topic：社交生活 Social Life

讓學生學會用簡單的中文電話用語約會。

讓學生學會用簡單的中文詢問朋友對食物的偏好。

讓學生學會用簡單的中文簡單比較彼此的文化差異。

讓學生學會用簡單的中文在特殊場合表達恭喜和祝福。

貳、教學重點

一、暖身活動

問全班同學：

1. 你怎麼過生日？吃什麼東西？說什麼話？你的國家過生日的方式有無特別之處？

2. 你有語言交換的經驗嗎？

二、詞彙解說

1.「對」、「對了」

詳細說明「對」的不同詞性及其用法。多舉例說明。

「對」Vs：right, corret，例如：這個字這樣寫，對不對？

「對」Prep：to，例如：同學都對我很好。

L7 表示 by the way，例如：對了，你什麼時候有空，我們一起去吃飯。

2. 左右

「左」、「右」單用時，是表示左邊、右邊（L11）。

「左右」用於數量，表示比某一數量稍多或稍少，用於數量詞之後。

例如：我只有兩百元左右。／五點左右，我在圖書館。

3. 哪裡，哪裡

跟學生說明這是中國人的謙虛用語。當對方誇讚你或致謝時，都可用。

對方致謝時，除以「不客氣」、「哪裡」表示外，臺灣人也會用「不謝」回應。

4. 四字格

四字格是漢語特有的詞語結構，包含成語，也包含非固定的四字結構，是書面語。本課介紹的生日祝賀詞：生日快樂、萬事如意、心想事成，都是四字格，「好久不見」也是四字格。可舉一些與數字有關，符合學生程度的四字格，增加學生學習的興趣。如：一心一意、七上八下…。或當作作業，請學生一個人準備兩個。

三、語法重點提示及練習解答

1. 一 yī…就 jiù… ...as soon as...

強調兩個動作、兩種狀況緊密相連。「一」和「就」為副詞緊接在主詞之後，重複主詞可以省略。

2. Completed Action with Verbal 了 le

V+了：表示動作完成。否定句：沒+V，提醒學生否定句不能加「了」。

3. 不 Negation vs. 沒 Negation

「不、沒」都表否定，但是用法不同。提醒學生「不、沒」與三種動詞的組合情況。

讓學生了解：動作動詞、狀態動詞、變化動詞的否定用法。

動作動詞的否定：a. 不+V；b. 沒+V（表示過去沒發生）

狀態動詞的否定：不+Vs

變化動詞的否定：沒+Vp

4. All-inclusive with Question words

疑問詞在陳述句中表示「全部」的意思，常與「都」連用。練習時，以問句提問，請學生用疑問詞回答。例如：你想吃什麼？我什麼都想吃。

5. More/Less...Than Planned with 多 duō／少 shǎo＋Verb…

此語法，學生常誤用為：V+多／少+（一點）+N／多／少+（一點）V+N

例如：我應該多看一點書。→我應該看多一點書。／我應該多一點看書。

多舉例說明，避免造出病句。

6. 是不是 shìbúshì is it true?

這裡的「是不是」不是A-not-A的形式。它不是用來問新信息，而是用來確認句中已知或很明顯的信息。

如：臺灣人過生日是不是都吃這些東西？

多舉例子讓學生了解其用法與真正涵意。

7. Comparison with 跟 gēn … 一樣 yíyàng

「跟…一樣」用來比較兩種東西（包括人、事、物），並說明一樣或不一樣。

語法練習解答一

1. A：昨天晚上你做什麼？ B：我一到家就上網。
2. A：你已經收到房租了嗎？ B：我一上班就收到（房租）了。
3. A：你什麼時候來找我？ B：我一下課，就去你學校找你。
4. A：明天開始放假，你要做什麼？ B：（學生自由發揮。）
5. A：你明天下課以後，要做什麼？ B：（學生自由發揮。）

語法練習解答二

	安同		如玉		月美		田中	
	做了	沒做	做了	沒做	做了	沒做	做了	沒做
看電影							✓	
看電視			✓			✗		
寫功課	✓				✓			✗
打籃球	✓							
看書			✓					
吃早飯		✗			✓			
吃中飯			✓		✓		✓	
吃晚飯				✗	✓			
上網					✓			
打電話		✗	✓					

聽力文本

　　昨天是星期日，不必上課。安同在家寫功課，還去打籃球，可是他沒吃早飯，也沒打電話給同學。如玉呢？她在家看電視，看書，打電話給朋友，她中飯吃太多了，所以沒吃晚飯。田中下午跟同學去看電影，還在外面吃中飯，因為太累了，沒寫功課。月美一天都在家，她自己做飯，所以早飯、中飯、晚飯都吃了，還上了網，也寫了功課，她說她沒時間看電視，因為功課很多。

語法練習解答三

例：我們下星期一（不）上課。（動作動詞的否定：「沒上課」表示過去。「下星期一」是未來。）

1. 他常常不來工作，也（不）打電話給老闆。（動作動詞的否定：不＋V。）
2. 我覺得今天（不）熱。（「熱」是 Vs。狀態動詞的否定：不＋Vs。）
3. 昨天我（沒）跟他去逛夜市。（動作動詞的否定：昨天是過去，所以用「沒」。）
4. 這家牛肉麵店（不）便宜。（「便宜」是 Vs。狀態動詞的否定：不＋Vs。）
5. 比賽還（沒）開始，我先去買杯咖啡。（變化動詞的否定：沒＋Vp。）

語法練習解答四

1. 每一個人都很忙。 →誰都很忙。
2. 李先生有錢、有房子、有車子…。 →李先生什麼東西都有。
3. 他早上、中午、晚上都在上網。 →他什麼時候都在上網。
4. 這裡有中國餐廳，那裡也有中國餐廳。 →哪裡都有中國餐廳。
5. 這種包子，熱的好吃，冷的也好吃。 →這種包子怎麼吃都好吃。

語法練習解答五

1. 她應該多吃一點飯。
2. 他應該多念一點書。
3. 他應該少看一點電視。
4. 她應該少吃一點甜點。

語法練習解答六

1. 我們是不是明天給他過生日？
2. 你的學費是不是公司替你付？
3. 他是不是來臺灣學中文？
4. 你是不是打算明年回國？
5. 他是不是很喜歡逛夜市？

● 語法練習解答七

好吃：2, 8	難學：5, 10	好喝：4, 9
喜歡：1, 7	貴：3, 6	

我做的牛肉麵跟媽媽做的牛肉麵一樣好吃。
中文跟日文一樣難學。
茶跟咖啡一樣好喝。
我跟我弟弟一樣喜歡打籃球。
我的手機跟她的手機一樣貴。

四、課室活動練習及說明解答

1. 第一個活動：
   同學兩人一組，一人根據圖表問：「你昨天逛夜市，V 了( )沒有？」一人參考例句回答，回答可以是：V 了／沒 V。最後問者總結對方：V 了什麼／沒 V 什麼。

2. 第二個活動：
   全班同學兩人一組，互問對方的國家怎麼過生日？然後在表上打✓。最後全班一起統整出相同的、不同的或特別不一樣的，再由一位同學代表介紹。

3. 第三個活動：
   老師生日前夕。打電話給同學，談邀請老師外出吃飯的事。（電話內容要包含：為什麼請老師吃飯？你們什麼時候去？去哪裡？你們怎麼見面？）

4. 第四個活動：
   今天是老師生日，寫一張生日卡給老師。多運用學過的四字格詞語。

● 課室活動練習解答一、二、三、四

自由回答。

五、文化參考與補充

中文祝賀詞

祝賀詞，是在特殊的節日、特殊的日子，祝福恭賀對方時所引用的詞語。中國人尤其注重這種人際關係，都希望能適時、適地、適切地表達關心之意。這些詞語大多是「四字格」，有它固定的意涵，而且都具吉祥的意思。其中適用於任何時間、地點、對象的賀詞，可說是「萬事如意、心想事成」。

臺灣人特別重視的生日

　　傳統中國人的生日一般都過農曆生日，但現代人大多過陽曆生日。臺灣人有特別重視的生日，如：慶祝嬰兒滿月、週歲；慶祝年長者六十大壽、七十大壽、八十大壽等，甚至還有小孩滿一歲時「抓週」的習俗，看小孩抓到的東西，判斷幼兒性向及長大後可能從事的行業。

、學生作業本參考解答

I. 聲調辨識

1. 當然 dāngrán	2. 麵線 miànxiàn	3. 交換 jiāohuàn	4. 熱心 rèxīn	5. 門口 ménkǒu
6. 記得 jìde	7. 年輕 niánqīng	8. 快樂 kuàilè	9. 好久不見 hǎojiǔ bújiàn	10. 心想事成 xīnxiǎng shìchéng

II. 選出對的發音

1. a　2. b　3. a　4. a　5. a　6. b　7. b　8. b　9. a　10. a

III. 聽與答：聽聽他們在電話裡說什麼？

A. 聽完電話以後，對的打○，不對的打×。

1. ×　2. ×　3. ○　4. ○

B. 我妹妹打手機給我，計畫給媽媽過生日，聽了以後，請標出先後的順序1、2、3、4。

(1) 臺灣菜 　(2) 　(3) 　(4)

C. 聽完對話後，請選出對的答案。

1. a　2. c　3. b　4. a　5. b

IV. 對話配對練習
配合題
　1. D　　2. G　　3. A　　4. E　　5. B　　6. C　　7. F　　8. H

V. 閱讀理解
月美跟明華討論過生日的事，請看完後，對的打○，不對的打×。
　1. ○　　2. ×　　3. ○　　4. ×　　5. ○

VI. 把適當的詞放入適當的地方
A.
　1. 我哥哥<u>一</u>放假<u>就</u>去日本旅行。
　2. 妹妹<u>什麼時候</u>都在上網。
　3. 我中午吃<u>了</u>很多東西，所以晚上<u>沒</u>吃。
　4. 我已經寫<u>了</u>功課<u>了</u>，現在可以出去玩<u>了</u>。
　5. 我沒錢<u>了</u>，應該<u>多</u>在家吃飯，<u>少</u>買東西。

B.
請把前面的詞放入適當的位子。
　1. b　　2. c　　3. a　　4. a　　5. b

VII. 重組
　1. 他常去這家有名的餐廳吃飯。
　2. 我什麼菜都喜歡吃。
　3. 有的年輕人不喜歡傳統的東西。
　4. 你怎麼忘了語言交換的事！
　5. 你會去學西班牙文嗎？

VIII. 寫漢字（直接看拼音寫漢字）
　1. 好久不見，最近忙什麼？
　2. 我剛旅行回來，有一點累。
　3. 謝謝你記得我的生日。
　4. 語言交換的時候，你那麼熱心教我。
　5. 五點左右，我在學校門口等你。

IX. 完成對話
　1. 我一下課就回家了。（參考）
　2. 誰都喜歡去旅行。

3. 我寫了功課、看了電視。（參考）

4. 你要多看書。

5. 對，我的生日跟你一樣。

X. 寫作練習（自由題）

題目：幫朋友過生日

　　　你的好朋友生日到了，你打算怎麼幫他過生日呢？

聽力測驗文本

II. 選出對的發音

1. a 過　　　　b 國

2. a 店　　　　b 訂

3. a 對　　　　b 貴

4. a 祝　　　　b 豬

5. a 語言　　　b 以前

6. a 知道　　　b 豬腳

7. a 如玉　　　b 如意

8. a 生意　　　b 生日

9. a 餐廳　　　b 參加

10. a 傳統　　　b 鐘頭

III. 聽與答

A.

1. 女：喂，安同，我是小玉，明天是小王的生日，我們請他吃飯好嗎？

　　男：好啊！

2. 男：喂，請問是小玉嗎？

　　女：不是，我是她妹妹，請問你是…？

　　男：我是她的朋友安同，我想問問她花蓮哪家旅館比較好。

3. 男1：喂，安同嗎？

　　男2：我就是。

　　男1：安同，謝謝你跟小玉幫我過生日。

　　男2：不必客氣。

4. 男：喂，小玉嗎？我是安同。

　　女：安同啊，有事嗎？

　　男：小王說他收到獎學金，他要請我們吃飯。

　　女：太好了!

B.

喂，姐姐，星期日是媽媽的生日，我們怎麼幫她過？我想先請她吃好吃的臺灣菜，吃了飯，我們跟她去買衣服，買了衣服，我們請她去看電影，看了電影再去KTV唱歌好嗎？

C.

1. 女：好久不見，最近忙什麼？
   男：我剛旅行回來。
   女：我跟你一樣。

2. 女：明天是你的生日，你怎麼過？
   男：我們去餐廳吃飯。
   女：你們吃豬腳麵線嗎？
   男：是啊！也吃蛋糕。

3. 男：如玉，謝謝妳幫我買女朋友的禮物，我請妳吃飯。
   女：安同，謝謝你。我們去哪裡吃？
   男：就是學校旁邊那家有名的餐廳。

4. 女：聽說臺灣人過生日要吃豬腳麵線。
   男：不一定。現在大部分都吃蛋糕。
   女：真的？跟我們一樣。

5. 男：妳吃晚飯了嗎？
   女：沒吃。
   男：我也沒吃！妳為什麼不吃？
   女：我不舒服，不想吃。

第十四課

天氣這麼冷！

、教學目標

Topic：天氣 The Weather

讓學生學會使用簡單的中文描述天氣狀況，包含颱風。

讓學生學會使用簡單的中文描述四季的特色並說出對季節的喜好。

讓學生學會使用簡單的中文比較兩個事件。

讓學生學會簡單敘述自己的個人經驗，例如旅遊時間長短。

貳、教學重點

一、暖身活動

進行本課教學時，依照季節的不同而採用不同的暖身活動。

1. 冬天：老師問學生「今天冷不冷？」進入本課的主題。

2. 夏天：老師問學生「今天熱不熱？」進入本課的主題，先介紹颱風，風大雨也大⋯。

3. 春天：老師問學生「今天的天氣怎麼樣？」進入本課的主題，先介紹春天，再介紹別的季節。

4. 秋天：老師問學生「今天的天氣怎麼樣？」進入本課的主題，先介紹秋天的紅葉，再介紹別的季節。

二、詞彙解說

1.「快」：分辨「新年快到了」（快Adv）與「他走得很快」（快Vs）的不同。

2.「哪裡」：分辨「你家在哪裡」（哪裡 N）與「哪裡都濕濕的」（哪裡 Adv），在用法上的不同。

3. 分辨「慢走」（phrase）與「走得很慢」（complement）的不同之處。
4. 分辨 L5「怕」（Vst）與「可怕」（Vs）的不同之處。

三、語法重點提示及練習解答

1. Time-Duration after Verbal 了 le：表示動作在持續的時間內完成後，不再繼續進行。
   例如：我去年在台北住了三個月。
2. Completion-to-date with Double 了 le：V＋了的句子裡，句末加上「了」。表示從說話起算以前所完成的動作，但動作是不是繼續要看上下文。中間加入時量表示持續的時間，隱含的意思是動作還要繼續下去，動詞前面常常加「已經」。例如：我已經在台北住了三個月了、他喝了三杯咖啡了。但是 V＋了的句子裡，句末未加上「了」，則表示在過去的時間所發生的。例如：他喝了三杯酒。
3. 快 kuài… 了 le *about to*
   句末接「了」，前面有可能搭配不同的副詞「快」、「要」或「快要」，表示動作或情形在很短的時間內即將發生。「快＋V了」、「要＋V了」或「快要＋V了」，在臺灣，因為受到雙音節方言遷移的影響，所以多使用「快要＋V了」。如果前面有時間詞，則以「就要」來代替。「就要」出現在第二冊，視學生情況決定是否補充。
   例如：他快要回國了、他下個星期就要回國了。
4. Comparison 更 gèng *even more so*
   用在比較，表示比前述所說的程度增高。當比較的句子中使用「更」，例如：哥哥比爸爸更高，這句話的意思是爸爸很高，而哥哥比爸爸高，就用「更」來呈現。
5. Inferior Comparison 沒有 méi yǒu…
   為比較前後兩者，表示前者程度不如後者，比較的程度是以後者為準則。在「沒有…那麼／這麼」的比較，其中「有」和「那麼／這麼」可以省略。例如：爸爸沒有哥哥那麼高，也常說成「爸爸沒哥哥高」。但是句型「有…那麼／這麼」＋Vs，卻是很少用。
   疑問句可用A-not-A形式「有沒有」，例如：爸爸有沒有哥哥那麼高？

● 語法練習解答一

例：去年你學中文學了幾個月？ 我一共學了五個月。
1. 你等了多久？ 我等了<u>一下</u>。
2. 你在臺南玩了多久？ 我玩了<u>一個星期</u>。
3. 他在臺北住了多久？ 他住了<u>一年半</u>。
4. 你昨天打網球打了幾個鐘頭？ <u>我打了三個鐘頭</u>。
5. 你在紐約住了兩年吧？ <u>我沒住兩年，只住了八個月</u>。
6. 你昨天看電視看了三個鐘頭，對不對？ <u>我沒看三個鐘頭，只看了兩個鐘頭</u>。

● 語法練習解答二

1. 你在臺灣工作了多久了？　　　　我工作了<u>四年</u>了。
2. 陳老師教了多久的中文了？　　　他教了<u>十多年</u>了。
3. 他在那裡住了多久了？　　　　　他住了<u>六個多月了</u>。
4. 玉山下雪下了多久了？　　　　　玉山已經<u>下了兩天的雪了</u>。

● 語法練習解答三

1. 你的老師回國了嗎？　　　　　　他<u>快／快要</u>回國了。大概後天吧！
2. 安同的生日是幾月幾號？　　　　他的生日<u>快／快要</u>到了。下個月一號。
3. 已經十點了，哥哥怎麼還沒來？　<u>他快／快要／要到了</u>。他說五分鐘以後會到。
4. 你等一下可以打電話給我嗎？　　不行，電影<u>快／快要</u>開始了。
5. 外面風怎麼那麼大？　　　　　　<u>快／快要</u>下雨了，我們走吧！

● 語法練習解答四

1. 高鐵票比火車票更貴。
2. 明華吃得比安同更多。
3. 今年來這裡學中文的人比去年更多。
4. 我女朋友學中文學得比我更久。
5. 騎機車去故宮比坐公車去更快。

● 語法練習解答五

例：哥哥和弟弟，誰比較高？　　　哥哥沒有弟弟那麼高。
1. 臺北和紐約，哪裡比較冷？　　　<u>臺北沒有紐約那麼冷。</u>
2. 西瓜和芒果，哪種水果比較甜？　<u>西瓜沒有芒果那麼甜。</u>
3. 今年的生意好還是去年的好？　　<u>今年的沒有去年的那麼好。</u>
4. 咖啡好喝，還是烏龍茶好喝？　　<u>咖啡沒有烏龍茶這麼好喝。</u>

四、課室活動練習說明及解答

1. 第一個活動：春夏秋冬四季的圖片，兩個同學為一組，輪流提問，並詢問原因，再以拼音簡單記錄所聽到的答案。
2. 第二個活動：學生兩兩一組，輪流提問，再以拼音簡單記錄所聽到的答案。
3. 第三個活動：請學生根據所列資料，運用本課所學，比較臺北去年和今年兩年各季的氣溫。
4. 第四個活動：兩個同學為一組，依照活動指示，互問同學有關天氣的問題，並把答案寫在空格內。
5. 第五個活動：可以自己完成也可以和同學討論後寫下紀錄。

● 課室活動練習解答一

問		回答
春、夏、秋、冬	喜歡嗎？	為什麼？（因為…所以…）
1. 你喜歡春天嗎？	喜歡 □Yes	因為春天的天氣不冷不熱，風景很好，所以我喜歡春天。
	不喜歡 □No	因為春天的天氣很冷，所以我不喜歡。
2. 你喜歡夏天嗎？	喜歡 □Yes	因為夏天可以去海邊游泳，所以我很喜歡。
	不喜歡 □No	因為夏天太熱了，什麼都不想做，所以我不喜歡。
3. 你喜歡秋天嗎？	喜歡 □Yes	因為我很喜歡看紅葉，所以我喜歡秋天。
	不喜歡 □No	因為秋天有一點冷，所以我不喜歡。
4. 你喜歡冬天嗎？	喜歡 □Yes	因為冬天下雪，我喜歡滑雪，所以我很喜歡冬天。
	不喜歡 □No	因為天氣太冷了，做什麼都不方便，所以我不喜歡冬天。

● 課室活動練習解答二

1. 開文在臺北住了半年（了）。
2. 他哥哥在紐約住了四個月（了）。

3. 她的男朋友在上海住了半個月（了）。
4. 我的老師在倫敦住了兩個星期（了）。

課室活動練習解答三

臺北去年的春天跟今年的春天一樣是 25 度。

臺北去年的夏天不比今年的夏天熱。／臺北今年的夏天比去年的夏天熱。

臺北去年的夏天 36 度很熱，今年的夏天 38 度更熱。

臺北去年的秋天比今年的秋天熱。

臺北去年的冬天沒有今年的冬天那麼冷。

課室活動練習解答四

（開放，請自行發揮）

課室活動練習解答五 （參考答案）

臺灣的夏天	
夏天	有什麼比較特別的…
天氣怎麼樣	天氣很熱，每年都有颱風，颱風來的時候風很大，雨也很大。
常吃的水果	西瓜、芒果。
常做的事	海邊游泳，旅行，休息。

五、文化參考與補充

颱風假

　　「颱風假」，是夏天颱風來襲的時候，當暴風半徑在 4 小時內預期經過的地區，平均風力達七級以上或陣風達十級以上時，就停止辦公及上課，所放的全薪假日。

　　當颱風來時狂風夾著大雨，是否要放颱風假？於 1993 年時是由人事行政局主導，參酌各地縣市政府意見與中央氣象局的氣象預報資料來決定。但是現在放颱風假的實質做法，也漸漸取消全國性放假規定，改以颱風侵襲區域為主，視風雨的實際情形來決定是否放颱風假。放不放颱風假？可以查詢電視新聞台或是上網。

網址:http://www.cpa.gov.tw/

語音查詢電話：020300166

、學生作業本參考解答

I. 聲調辨識

1. 颱風 táifēng	2. 父母 fùmǔ	3. 小心 xiǎoxīn	4. 討厭 tǎoyàn	5. 夏天 xiàtiān
6. 紐約 Niǔyuē	7. 天氣 tiānqì	8. 可怕 kěpà	9. 滑雪 huáxuě	10. 紅葉 hóngyè

II. 選出對的發音

1. b　2. a　3. b　4. a　5. a　6. a　7. a　8. a　9. b　10. b

III. 聽與答

A. 聽完對話後，請選出對的答案。

1. b　2. b　3. b　4. a　5. b

B. 一年的春夏秋冬，她喜歡在哪裡做什麼？
請在下面的表中填入合適的詞。

這個時候	春天	夏天	秋天	冬天
在哪裡	家裡	海邊	美國	山上
做什麼	喝咖啡	游泳	旅行	滑雪

C. 聽完對話後，對的打〇，不對的打✕。

1. 〇　2. ✕　3. 〇　4. ✕

IV. 對話配對練習

配合題

1. D　2. F　3. B　4. A　5. C　6. E　7. H　8. G

V. 填空

A. 填入對的生詞

昨天去學校上課，我忘了帶傘。回家的時候，雨下得非常大，所以衣服都濕了，我真討厭下雨天。聽電視新聞說，颱風快要來了，今年夏天的颱風會比去年的更可怕。

B. 春夏秋冬四季描述

1. 臺灣每年<u>夏天</u>都有颱風。颱風來的時候，做什麼都不方便。哪裡都<u>濕濕的</u>，走路也得多<u>小心</u>，也不能到學校上課。
2. 王小姐每年<u>秋天</u>都到日本去看<u>紅葉</u>，她說那裡的風景最美。
3. 這裡的<u>冬天</u>，山上常常下雪，我最喜歡去山上<u>滑雪</u>。
4. 我姐姐說她最喜歡<u>春天</u>，天氣很好，風景也很<u>漂亮</u>。

VI. 重組

1. 電視新聞說颱風快要來了。
2. 今年冬天的天氣又濕又冷真討厭。／今年冬天的天氣又冷又濕真討厭。
3. 他在臺北玩了兩個星期。
4. 冬天去山上滑雪的人很多。
5. 你怎麼沒帶傘呢？

VII. 寫漢字（直接看拼音寫漢字）

1. 今年的颱風比去年的更大，真可怕。
2. 天氣好，風景也不錯。你比較喜歡春天還是秋天？
3. 臺灣的冬天不冷，但是玉山很高，每年都下雪。
4. 我們只放一個星期的假，但是很想去看紅葉。
5. 風和雨都很大，哪裡都濕濕的，真討厭。

VIII. 完成對話

1. 今天<u>沒有昨天那麼熱</u>。
2. <u>我學中文學了兩個多月了</u>。
3. <u>我昨天等了四個半鐘頭／四小時半</u>。
4. 我<u>快要</u>回國了。應該是下個星期吧！
5. 很大，<u>比昨天的更大</u>。

IX. 寫作練習（100-120個字）

寫一篇短文，比較臺灣和你的國家的春天、夏天、秋天和冬天的天氣。（自由題）

聽力測驗文本
II. 選出對的發音

1. a 聽　　　　b 停
2. a 冷　　　　b 雨
3. a 半　　　　b 怕
4. a 雨　　　　b 五

5. a 秋天　　　b 春天
6. a 上次　　　b 下次
7. a 新年　　　b 今年
8. a 慢走　　　b 芒果
9. a 請問　　　b 新聞
10. a 姐姐　　　b 謝謝

III. 聽與答

A.
1. 我去年在紐約玩了半年。今年在日本玩了半個月。
　　Q：這個小姐今年玩了多久？
2. 他上週到日本做生意，週末已經從日本回臺北了。
　　Q：這個先生現在在哪裡？
3. 上次的颱風沒有這次的可怕。
　　Q：哪次颱風比較可怕？
4. 聽說颱風快要來了。
　　Q：颱風來了沒有？
5. 今天下大雨，哪裡都濕濕的，真討厭。
　　Q：這個小姐喜歡下雨嗎？

B.
　　這裡春夏秋冬的天氣都不一樣。我都很喜歡。每年冬天我都去山上滑雪，我覺得滑雪是最好的運動。夏天的時候，天氣很熱，我常在海邊游泳。秋天不冷不熱，我常常跟朋友一起去美國旅行，秋天的紅葉真美。春天的時候，這裡常下雨，我什麼地方都不去，我喜歡自己一個人在家喝咖啡。

C.
　　電視新聞說，颱風快要來了，這次的颱風，沒什麼雨，可是風很大，要是風太大，我們就不必上課，請大家要小心。記得去年的這個時候也有颱風，風不太大，可是雨非常大。下大雨的時候，我每天都帶雨傘，帶雨傘也是哪裡都濕濕的，真討厭。

第十五課

我很不舒服

壹、教學目標

Topic：生病 Falling Sick

讓學生學會用簡單的中文詢問別人的感受。

讓學生學會用簡單的中文陳述自己或別人的身體症狀（感冒）。

讓學生學會用簡單的中文提供意見給生病的人。

讓學生學會用簡單的中文拒絕或接受別人的建議。

貳、教學重點

一、暖身活動

老師戴著口罩走進教室，帶入本課的主題。

教學生問老師：「你怎麼了？」老師回答：「我生病了。覺得很不舒服。」

二、詞彙解說

離合詞：如本冊的唱歌、上班、上網、上課、生病、睡覺、看書、念書、滑雪、游泳、照相、吃飯、做飯、見面等。

三、語法重點提示及練習解答

1. Non-committal Stance with Question Words：疑問詞像：什麼、多少、幾、哪裡、什麼地方、誰、什麼時候等，出現在陳述句時，意思指的是全稱或完全否定的意思，在 L13 已經有詳盡說明，而本課疑問詞的功能為疑問句第二個功能，是 non-committal stance。這樣的句式只出現在否定句，以「不或沒＋V＋疑問詞」呈現，表示給對方一個不確切的答案。

2. To Dispose of Something with 把 bǎ：「把」的句子結構為「把+了」。

　　使用「把」字句來表示主語通過謂語的動作對賓語做了什麼，使賓語發生了變化或有了什麼結果。主語是引起動作變化或造成結果的人或事，賓語一般是名詞，必須是限定的賓語。配合「把」的光桿動詞是外向且為及物動詞。「把」跟英文的 take this (noun) and... 的句子類似。

3. V 了 le…就 jiù… *do... right after doing...*
　　表示兩個事件的連續性，第一個事件完成後，緊接著發生第二個事件。
　　「V了…就…」和 L13 的「一…就」相似，差別在：
　　(1)「一」後面接的是較短的動詞組，例如：一出來就…、一看就…，強調兩個動作緊接發生；「V了」後面則沒有這個限制。
　　(2)「V了…就…」可以和「以後」一起出現，「一…就」則不行。
　　　　例如：他吃了藥以後，就去睡覺。*他一吃了藥以後，就去睡覺。

4. 一點 yìdiǎn *a bit*：「一點」為數量詞，表示數量為很少，例如：我要喝一點茶。當「一點」前面接的是形容詞當補語，表示程度輕，例如：他比我高一點，不可以說：他比我有一點高。而「有一點」後面接形容詞，例如：這碗牛肉麵有一點辣。此課做「一點＋NP」、「Vs+一點」和「有（一）點」的整理。

5. Comparing Actions with a 得 de Complement：比較的焦點為動作時，(1)為動作不帶賓語；(2)為動作帶賓語。如果後接補語時，則常用「一點」、「得多」及「多了」；(3)為否定的呈現方式。
　　(1) Subject 1　比　Subject 2　Action　得　Comp。
　　(2) Subject 1　V-O　V　得　比　Subject 2　Comp。（較常使用）
　　(3) 否定為「不比」。

6. Complements of Degree in Comparison Structures：程度副詞包含動詞前副詞和動詞後副詞，本課聚焦於後者：一點、得多、多了。

7. Separable Verbs：離合詞（-sep）是漢語中一類特殊的動詞，這類詞的內部結構為「動詞性成分+名詞性成分」，在某些情況下顯現可離性，類似動詞與賓語的句法表現。離合詞中間可插入的成分包括：
　　(1) 時態助詞「了」。
　　(2) 動作的對象和表示數量的修飾語。
　　(3) 時段：V+（了+）Time-Duration（+的）+N。

● 語法練習解答一

1. 你一個月房租多少錢？　　　　　　　沒有多少錢。
2. 週末快到了，你打算去哪裡玩？　　　我<u>不打算去哪裡</u>。
3. 你在看什麼？　　　　　　　　　　　我<u>沒看什麼</u>。
4. 你在臺灣有很多朋友嗎？　　　　　　我<u>沒有幾個朋友</u>。
5. 你昨天去便利商店買了什麼東西？　　我昨天<u>沒買什麼東西</u>。

● 語法練習解答二

1. 她<u>把咖啡喝了</u>。
2. 王先生<u>把書賣了</u>。
3. 她<u>把包子吃了</u>。
4. 她把牛肉麵吃了。
5. 老闆把<u>機車賣了</u>。

● 語法練習解答三

1. A：你什麼時候買禮物？　　　　　　B：我訂了蛋糕，就去買禮物。（訂蛋糕）
2. A：你什麼時候可以看足球比賽？　　B：我裝了有線電視，就可以看足球比賽了。
　　　　　　　　　　　　　　　　　　　　（裝有線電視）
3. A：你什麼時候去日本旅行？　　　　B：我放了假，就去日本旅行。（放假）
4. A：你什麼時候開始上課？　　　　　B：我付了學費，就開始上課。（付學費）
5. A：他什麼時候回來？　　　　　　　B：他看了紅葉，就回來。（看紅葉）

● 語法練習解答四

練習一

例：他給我的太少了，我希望他多給我一點。
1. A：你不舒服，吃飯了沒有？　　B：我只喝了<u>一點湯</u>。
2. 你感冒了，最好<u>多睡一點覺</u>。
3. 今天下午有籃球比賽，我們都很想看，請問老師能不能<u>早一點下課</u>？
4. 我明天要看網球比賽，<u>會晚一點回家</u>。

練習二

1. 他昨天工作了十個鐘頭，覺得<u>有一點</u>累。

2. 我感冒了，喉嚨<u>有一點</u>發炎。

3. 今天不上班，早上我想<u>多睡一點</u>覺。

4. 媽媽想去超市買<u>一點</u>東西。

5. 我租的房子很好，可是房租<u>有一點</u>貴。

6. 今年的學費比去年貴，我要<u>少買一點</u>衣服。

7. 這碗臭豆腐<u>有一點</u>辣，我不想吃。

語法練習解答五

例：我做豬腳麵線<u>做得比牛肉麵慢</u>。

1. 今天咖啡<u>賣得比烏龍茶好／多</u>。

2. 今年下雪<u>下得比去年久</u>。

3. 這個週末在KTV唱歌<u>不比上個週末唱得久</u>。／
   這個週末在KTV唱歌<u>唱得不比上個週末久</u>。

4. 媽媽走路<u>走得不比姐姐快</u>。

語法練習解答六

例：高鐵比公車快嗎？	高鐵比公車快得多／快多了。
1. 西瓜比芒果大嗎？	<u>西瓜比芒果大得多。</u>
2. 安同和田中誰打網球打得好？	<u>安同打網球打得比田中好 一點。</u> <u>安同打網球打得比田中好 得多。</u> <u>安同打網球打得比田中好 多了。</u>
3. 便利商店的東西貴還是超市的東西貴？	<u>便利商店的東西比超市的貴一點。</u> <u>超市的東西比便利商店的便宜一點。</u>
4. 姐姐和妹妹誰玩得開心？	<u>妹妹玩得比姐姐開心得多／多了／一點。</u>

語法練習解答七

1. 看書→看了三小時的書、看了很久的書

2. 唱歌→唱了兩小時的歌、唱了很久的歌

3. 上班→上了五天的班、上了很久的班

4. 上網→上了半小時的網、上了很久的網

5. 上課→上了四小時的課、上了很久的課
6. 生病→生了一個月的病、生了很久的病
7. 睡覺→睡了多久的覺、睡了很久的覺
8. 念書→念了半小時的書、念了很久的書
9. 滑雪→滑了五小時的雪、滑了很久的雪
10. 游泳→游了三小時的泳、游了很久的泳
11. 照相→照了十小時的相、照了很久的相
12. 吃飯→吃了兩個鐘頭的飯、吃了很久的飯
13. 做飯→做了兩個半小時的飯、做了很久的飯
14. 見面→見了面、見你一面、見了三次面、見了半小時的面

四、課室活動練習說明及解答

1. 第一個活動：依照指示做各種不同程度的比較，可自己一人或和同學討論後完成。
2. 第二個活動：兩個同學一組進行對話，B 覺得不舒服，A 表達關心 B，並給予建議。
3. 第三個活動：兩個同學一組，依照指示，進行問答，並記錄下所聽到的。
4. 第四個活動：兩個同學為一組，依照指示完成對話，並把答案寫在空格內。
5. 第五個活動：兩個同學一組，A 扮演如玉，B 打電話給她，進行問答，並記錄下所聽到的。

● 課室活動練習解答一

1. 吃晚飯
   (1) 田中吃飯吃得比 <u>月美</u> 吃得 <u>多</u> 。
   (2) 月美吃得比 <u>田中少</u> 。
   (3) 如玉吃得 <u>不</u> 比田中多。

2. 房租
   (1) 月美的房租 <u>沒有</u> 如玉的房租 <u>那麼</u> 貴。
   (2) 安同的房租很貴，可是田中的比他的 <u>更</u> 貴，田中的房租比月美的 <u>貴得多</u> 。
   (3) 如玉的房租 <u>不</u> 比月美的便宜。

3. 怎麼去臺南玩
   (1) 如玉坐火車（比）田中坐計程車 <u>快了一個鐘頭／小時</u> 。
   (2) 安同騎機車（比）月美坐高鐵 <u>慢得多／慢了六小時二十分</u> 。
   (3) 如玉坐火車（比）安同騎機車 <u>快多了／快三小時半／快三個半鐘頭</u> 。

課室活動練習解答二

任務一

1.（同意建議 Agreeing to a suggestion）

　A：老李，你怎麼了？

　B：我　肚子不舒服　。

　A：你應該／最好　少吃油的／冰的／辣的　。

　B：好的。

2.（同意建議 Agreeing to a suggestion）

　A：小陳，你怎麼了？

　B：我　感冒了／生病了　。

　A：你應該／最好 多休息／多睡覺／多喝水 。

　B：謝謝你。

3.（拒絕建議 Refusing a suggestion）

　A：王先生，你怎麼了？

　B：我　感冒了　。

　A：你應該／最好　去看病　。

　B：謝謝你的關心。 我想去藥局買藥就好了 。

任務二　角色扮演（參考）

醫生：你怎麼了？哪裡不舒服？

病人：肚子很不舒服，昨天吃了晚飯以後，吐了兩次。

　　　現在不知道應該怎麼辦？

醫生：沒什麼關係。你別吃冰的、辣的，少吃油的。

病人：我得吃藥嗎？

醫生：要，你去藥局拿藥。吃了藥，休息幾天，很快就會好。

病人：謝謝你。

醫生：不客氣。

課室活動練習解答三

1. 這種藥一天吃幾次？　　　　　4次。

2. 什麼時候吃？　　　　　　　　吃飯以後 30 分鐘吃。

3. 裡面有幾包藥？　　　　　　　一共 12 包。

◉ 課室活動練習解答四

1. A：加油！我們今天一定要把這 50 個小籠包賣了。
   B：好的，沒有問題。
2. A：要是你把今天的功課寫了，就可以去打籃球。
   B：太好了。
3. A：誰把我的西瓜吃了？
   B：對不起，我不知道是你的。

◉ 課室活動練習解答五

1. 如玉，妳怎麼了？今天怎麼沒來上課？
2. 妳哪裡不舒服？
3. 妳去看病了嗎？妳吃藥了嗎？
4. 妳現在覺得怎麼樣？

五、文化參考與補充

臺灣戴口罩的習慣

你戴口罩嗎？病得很重嗎？倒也不是。在臺灣戴口罩各有各的防範和目的。

季節變化時，很容易感冒，因為感冒是由飛沫傳染的呼吸道疾病，所以很多人在人多的公共場所、捷運或公車上戴上口罩，以防止疾病傳染。

機車騎士在寒冷的天氣中也都戴口罩，一方面可防風寒，一方面也可以過濾空氣中的汙染。而餐飲業、自助餐店或小吃店服務人員，為了衛生起見也會戴口罩，主要可防止服務人員說話時口沫掉入食物中。

醫院的醫療人員和患者戴口罩，主要是可以防範感冒病毒傳染。所以在臺灣處處可見戴口罩的現象，主要都是為了保持健康和避免疾病的傳染。

、學生作業本參考解答

I. 聲調辨識

1. 生病 shēngbìng	2. 感冒 gǎnmào	3. 健康 jiànkāng	4. 發炎 fāyán	5. 保險 bǎoxiǎn
6. 喉嚨 hóulóng	7. 胃口 wèikǒu	8. 難看 nánkàn	9. 醫生 yīshēng	10. 睡覺 shuìjiào

II. 選出對的發音

1. a 2. a 3. b 4. b 5. a 6. b 7. b 8. b 9. b 10. a

III. 聽與答

A. 聽完敘述後，對的打〇，不對的打✕。

1. 〇 2. 〇 3. ✕ 4. ✕

B. 聽完這段故事後，請選出對的答案。

1. b 2. a 3. b 4. a 5. a

C. 我陪月美去看病，請在下面答案的格子裡填入合適的字。

問題	她哪裡不舒服	她什麼東西不能吃	醫生說她應該 多做什麼	她為什麼會不舒服
答案	b. 肚子	e. 辣的	f. 多休息	h. 吃東西不小心

IV. 對話配對練習

配合題

1. H 2. F 3. A 4. C 5. D 6. B 7. E 8. G

V. 比較練習：看圖並使用提示的句型

1. 我的手機沒有哥哥的那麼貴。
2. 高鐵票比火車票貴多了／得多。或　火車票比高鐵票便宜多了／得多。
3. 左邊的大樓比右邊的高多了。
4. 我的朋友沒有我這麼早上課。

VI. 填入對的生詞

1. 我感冒的時候，常常<u>頭痛</u>，<u>喉嚨發炎</u>。
2. 醫生常說生病的時候要多<u>休息</u>，早一點<u>睡覺</u>。
3. 他因為沒有<u>健康</u>保險，所以沒有錢<u>看病</u>。
4. 肚子不<u>舒服</u>的時候，<u>最好</u>別吃冰的、油的東西。

VII. 重組

1. 沒有健康保險的人看病很貴。
2. 他只睡了兩個小時的覺。
3. 老師跟我說別吃冰的東西／老師跟我說冰的東西別吃。
4. 我的喉嚨痛了三天了。
5. 你的感冒很快就會好。
6. 誰把茶和咖啡都喝了？

VIII. 寫漢字 （直接看拼音寫漢字）

1. 他一直流鼻水，頭很痛，胃口很差。
2. 醫生說她有一點發燒，是感冒，不過沒有什麼關係。
3. 你最好到藥局去拿藥。
4. 生病的人一定要多喝水，多休息，早一點睡覺。
5. 健康中心的醫生對學生很客氣。

IX. 完成對話

1. A：你昨天晚上吃了什麼？
   B：我沒吃什麼。／我什麼也沒吃。
2. A：你怎麼了？
   B：我有一點不舒服。
3. A：我的喉嚨很痛。
   B：你應該多休息／喝水。
4. A：聽說你上個星期感冒了，現在覺得怎麼樣？
   B：謝謝你，我好多了。
5. A：我昨天肚子不太舒服。
   B：你最好少吃冰的、油的和辣的東西。
6. A：你覺得今天的豬腳麵線怎麼樣？
   B：我不喜歡吃豬腳，所以我只把麵線吃了。
7. A：你什麼時候給房東打電話？
   B：我回了家，就給房東打電話／就打電話給房東。

X. 完成句子

1. ① 四個鐘頭五十分鐘　② 兩個鐘頭／兩小時
2. ① 八百四十三塊錢　② 一千六百三十塊錢
3. 4. （此二題目答案開放）我打算坐火車去，因為坐火車比坐高鐵便宜多了。／火車的車票比高鐵的便宜得多。

XI. 寫作練習（100-120個字）
寫一篇去看病的短文。（自由題）

聽力測驗文本
II. 選出對的發音

1. a 能　　b 人
2. a 別　　b 陪
3. a 棟　　b 痛

4. a 樓　　　b 流
5. a 小時　　b 教室
6. a 開心　　b 關心
7. a 一支　　　b 一直
8. a 滑雪　　b 鼻水
9. a 小心　　b 休息
10. a 早一點　　b 少一點

III. 聽與答

A.

安同吃了一包藥以後，睡了差不多十個鐘頭，他說現在覺得舒服多了，明天應該可以回學校上課。今天我去看他的時候，他的臉色比昨天好多了，他說健康中心的醫生真的很好，所以他的病好得很快。

B.

馬美玉是我最好的朋友，她最近很忙，又要做生意，又要學中文，每天都只睡幾個小時的覺，所以臉色一直很難看。

昨天是她的生日，我們在她家附近的餐廳給她過生日。不知道為什麼，那天晚上美玉回家以後，就開始發燒和喉嚨痛。是她姐姐陪她去看病的。醫生說美玉大概最近沒有好好休息，所以感冒了。可是沒什麼關係，拿兩天的藥，最好多喝水，早一點睡覺，很快就會好。今天我去美玉家看她，她已經好多了。

Q1：馬美玉怎麼了？
Q2：馬美玉什麼時候覺得不舒服？
Q3：那天誰陪馬美玉去看醫生？
Q4：醫生說馬美玉怎麼了？
Q5：醫生希望馬美玉怎麼做？

C.

昨天月美說她的肚子很不舒服，沒有胃口，吐了好幾次，所以我陪她去看病。張醫生跟月美說大概她最近太累了，吃東西也不小心，所以那麼不舒服，這幾天辣的東西別吃，多休息，很快就會好。

Linking Chinese

當代中文課程　教師手冊 1（二版）

策　　劃	國立臺灣師範大學國語教學中心	出 版 者	聯經出版事業股份有限公司
主　　編	鄧守信	發 行 人	林載爵
顧　　問	Claudia Ross、白建華、陳雅芬	總 經 理	陳芝宇
審　　查	姚道中、葉德明、劉　珣	總 編 輯	涂豐恩
編寫教師	王佩卿、陳慶華、黃桂英	副總編輯	陳逸華
英文審查	李　櫻、畢永峨		

執行編輯	張莉萍、張雯雯、張黛琪、蔡如珮	叢書編輯	賴祖兒
英文翻譯	范大龍、張克微、蔣宜臻、龍潔玉	地　　址	新北市汐止區大同路一段 369 號 1 樓
校　　對	張莉萍、張雯雯、張黛琪、蔡如珮、	聯絡電話	(02)8692-5588 轉 5395
	李芃、鄭秀娟	郵政劃撥	帳戶第 0100559-3 號
編輯助理	許雅晴、喬愛淳	郵撥電話	(02)23620308
技術支援	李昆璟	印 刷 者	文聯彩色製版印刷有限公司
封面設計	Lady Gugu		2021 年 10 月初版
內文排版	洪伊珊		版權所有‧翻印必究

Printed in Taiwan.

ISBN	978-957-08-5973-7 (平裝)
GPN	1011001472
定　　價	500 元

著作財產權人　國立臺灣師範大學
地址：臺北市和平東路一段 162 號
電話：886-2-7749-5130
網址：http://mtc.ntnu.edu.tw/
E-mail：mtcbook613@gmail.com

國家圖書館出版品預行編目資料

當代中文課程 1 教師手冊（二版）/國立臺灣師範
大學國語教學中心策劃．鄧守信主編．初版．新北市．聯經．
2021年10月．184面．21×28公分（Linking Chiese）
ISBN　978-957-08-5973-7（平裝）

1.漢語　2.讀本

802.86　　　　　　　　　　　　　　　　　　110013229